シェーラ
ノア
CTER

ニーナ
アーサー
クラリス
CHAR

CONTENTS

雷帝と呼ばれた最強冒険者、魔術学院に入学して一切の遠慮なく無双する1

五月蒼

BRAVENOVEL
ブレイブ文庫

プロローグ

冒険者ギルドからの賑やかな騒ぎ声は、今日も周囲に響き渡っていた。

スカルディア王国南部に位置する街、ローウッド。ここは、その街の一角にある冒険者ギルド、ローウッド支部。

様々な任務をこなし一日を終えた冒険者たちが、ギルドに併設された酒場で今日も今日とてどんちゃん騒ぎを繰り広げていた。ローウッドでは見慣れた光景である。

一日の疲れを癒すように、酒や肉を食らう。忙しそうに走り回るウェイトレスに、絶え間なく注文やヤジが飛び交う。

「だはは!!　そりゃ災難だったな！」

「笑いごとじゃねえ!!　本当に死ぬところだったんだぞ！」

他愛もない笑い話や、喧嘩腰の会話がそこかしこで繰り広げられ、より一層の盛り上がりを見せる。

――とその時、その大騒ぎを一喝するかのような雷鳴が轟く。

余りの轟音と、外からの光に、さっきまでの喧騒が嘘のようにピタッと静まり返る。

外は晴天。綺麗な星空が広がるこの夜に、雷など落ちるはずもない。

「…………なんだ……？」

「雷……？　晴れ……だよな……？」

続いて、静寂の訪れた冒険者ギルドの扉が、ゆっくりと開かれる。

そこには、一人の銀髪の男が立っていた。漆黒のローブを身に纏い、顔に目元を覆う仮面をつけた男。仮面には雷の模様が刻まれており、その仮面から覗く目は碧く淡々としている。

その男は、周りの冒険者たちには一切目もくれず、スタスタと真っすぐに受付嬢の元へと歩いていくと、ドカッと袋をカウンターに乗せる。

その場にいる誰もが、その異様な光景に手を止め視線を向けている。雷鳴から先、冒険者ギルドの冒険者たちはその仮面の男の動きから目が離せないでいた。

「はいよ。レッドドラゴンの牙二本、爪十本、目玉一個——あぁ、もう片方の目玉は破壊しちまった、悪い。後は……残りの部位は表の荷馬車にある。確認してくれ」

「えっと……レッドドラ……えぇ？」

レッドドラゴン。最近、ローウッドから南にある霊峰ジドナに住み着いていたドラゴンで、本来ならばA級冒険者三十人、あるいはS級冒険者十人は必要とされる、討伐難度S級の災厄だ。

その日の早朝、この男が冒険者ギルドを訪れ、「S級のクエストを受けたい。ソロだ」と受付嬢に言ったとき、酒場は爆笑の渦に包まれた。それは、自殺にも等しい要望だったからだ。止める者はいなかった。なぜなら、この手の輩は毎年数人はいる、恒例行事のようなものだったからだ。

また一人、功を焦ったA級冒険者が来たぞ。と、男たちは嘲笑した。

A級になれる冒険者というのは、実は意外と多い（といっても、思ったよりもという程度だが）。パーティを組めば上位のクエストに参加できるため、A級到達の条件をクリアするのはそこまで難しくないのだ。

だから、A級冒険者は良く自身の実力を履き違え、こうやってS級クエストに挑んでいく。

そうして死んでいった冒険者を、男たちは数多く知っているのだ。

――しかし、こうして雷鳴と共に戻ってきた男の手に握られていたのは、レッドドラゴンの部位だった。完全に酔っ払い出来上がっている男たちが、唖然として静まり返るのも当然だろう。

「えっと……冒険者名ヴァン様……でお間違いないですか？」

「あぁ」

その名を聞き、冒険者ギルド中がざわざわと騒がしくなる。

「ヴァンって……最年少でA級昇格した天才魔術師!?」

「A級の中でも相当やるって聞いてたが……本物か!?」

「あの仮面、見たことあると思ったら〝雷帝〟か！」

「そういえばさっきの雷鳴は……」

口々に、ヴァンのことを噂する冒険者たち。

A級冒険者ヴァン。最年少、十四歳でA級に昇格した天才魔術師。しかし、防護魔術の掛けられた仮面をつけているため匂いや雰囲気は虚ろで、彼に対する印象はしばらくすると靄がかかったように薄れてしまい、その正体は一切不明。突如現れ、その圧倒的な魔術の力でソロで数々のクエストを達成してきた最強の魔術師。

しかし、そんな周りの声もどこ吹く風で、ヴァンは受付嬢と会話を続ける。

「一年以内にB級クエスト三十個以上の達成、A級クエスト二十個以上の達成、A級モンスター五体以上の討伐……そして、S級クエスト一個以上の達成。——確か、S級になる条件だったよな？」

「は、はい……えっと、失礼ですがギルドプレートをお願いします」

ヴァンは首にぶら下げた銀色に輝くプレートを外すと、受付嬢へと渡す。

「——はい、今回のクエストの達成で、ヴァン様は……エ、S級への昇格が達成されました……！」

「「「う——うおぉおおおお！！！！」」」

ギルド中が歓声に沸く。

ここに、最年少S級冒険者が誕生したのだ。

首から下げたプレートは銀から金へ。大陸でも三十人ほどしかいない階級。この上は、大陸に七人しかいないSS級のみだ。

伝説の誕生に立ち会った興奮で湧くギルドとは裏腹に、仮面の冒険者ヴァンは嬉しそうな素振りは一切ない。報酬の金銭を受け取り、事務的な手続きを済ませると、静かにギルドの外へと向かう。

「お、おいヴァン！　S級だぜ!?　俺達と飲んでいかねえか!?」

「そうだそうだ、めでてえことだぞ!?　まさかうちの支部からS級が誕生するなんてよ！　ほら見ろ、支部長も祝いに来てるぜ？」

冒険者ギルドの奥からは、黒髪の大男が、祝いの酒を片手に姿を現していた。

「……S級昇格おめでとう！　A級に続き、十五歳という最年少でのS級昇格……！　ローウッド支部としても鼻が高い。僕たちも一緒に祝わせてくれないかな？」

気の良さそうな支部長は、細い目を更に薄めて笑みを浮かべる。

しかしヴァンは、頭を振る。

「いや、いい。俺にとってはS級なんて通過点だ、祝うほどじゃない」

「いやでも——」

「……はあ。ったく、俺が昇格したのを理由に騒ぎたいだけだろ。ほら」

ヴァンは手に持っていたクエストの報酬の入った袋を支部長へと投げる。

「つと。……これは？」

「騒ぎたいならこれで好きなだけ騒げ。俺に金は要らない」

瞬間、歓声が沸く。

「うおおお！　さすがS級冒険者様！　話がわかってらっしゃる!!」

「酒だ、酒を持ってこい！　ヴァン様の奢りだあ！！！」

「よっ、最強の魔術師!!」

と、全員が祭りのように騒ぎ始める。冒険者ギルドらしい光景だ。支部長も、やれやれといった様子で溜息をつく。

「それじゃあな。俺は帰る。勝手にお祭り騒ぎでもしててくれ」

「あ、おい！　ヴァン君！」

支部長がヴァンを追いかけ冒険者ギルドを出る。

「待ってくれ！」

「待たない。次のクエストを受けるときにまた来る」

「ちょ――」

支部長は目の前で展開された魔法陣から放たれる光に、思わず顔を覆う。足元に現われた巨大な魔法陣。その上に立つヴァンの身体が金色に輝きだした、次の瞬間。落雷のような激しい爆音と、光と共に一瞬にしてその場から姿を消した。

後に残ったのは、異様に焦げた地面と、巻き上がる灰色の煙だけだった。

ヴァンの去った冒険者ギルドでは、赤の他人のヴァンの昇格祝いが朝まで続いた。

第一章　入学試験

「ただいま、シェーラ」

俺は仮面を外し、ローブを脱ぎ捨てると椅子に掛ける。

フードから銀の髪が飛び出す。目にかかった前髪が鬱陶しく、俺は軽く頭を左右に振る。

部屋の奥のベッドでランジェリー姿で横になっていた金髪ロングの美女――シェーラが、俺の声を聞いてやってくる。

「お帰り、ノア」

ノア――それが俺の本名だ。

ノア・アクライト。ヴァンとは冒険者としての仮の名。何故仮の名を使い、魔術の掛かった仮面まで付けて冒険者をやっているのか……。それは全て育ての親にして魔女、シェーラ・アクライトによるものだ。

シェーラは謎が多い。魔術の力は間違いなくある。しかし、冒険者ギルドにも所属しておらず、ましてや魔術的な組織に属しているわけでもない。十年近い付き合いになるが、実のところシェーラの俺以外の前で見せる顔については、さっぱりわかっていない。

「どうだったかしら？　S級クエストは」

巨乳に腰のくびれ、そしてすらっと伸びた手足。

王都にでも行こうものなら恐らく十人中十人は振り向くであろう美貌だ。さすがに見慣れてきているから今更ドギマギはしないが、視線は嫌でも吸い寄せられる。

「――簡単だったよ。レッドドラゴンの討伐だ。ちょちょいとジドナに転移して、数発雷ぶち込んだらすぐ死んだよ。手ごたえはなかったな」

「あはは、ノアの実力ならそうでしょうね。なんてったって私が鍛えたんだから。まあ、所詮モンスターだからね。そんなものより強い人間は意外といるものよ」

そう言いながらシェーラは俺に近寄ると、ぎゅっと身体を引き寄せその胸に顔を押し付ける。

「よしよし、よく頑張ったわね」

「……離せシェーラ。鬱陶しい」

「何よ、前はあんなにデレデレ喜んでいたのに。もういいのかしら？」

「喜んでねえ……俺はもう大人だよ、大人。S級になったんだ、十分だろ」

俺は軽くシェーラを押しのけると、シェーラはおっとっとと、後ろに後退する。

ったく、シェーラはいつまでも俺を子ども扱いするきらいがある。

すぐ抱き着いてくるのはこいつの悪い癖だ。

俺がガキの頃に捨てられ、この森で彷徨っているときにシェーラに拾われた。きっとその頃のイメージが抜けてないんだ。もう十分成長したというのに……。

「S級。そう、S級だったわね。昇格おめでとうノア」

「あぁ。シェーラの課題は達成できたぜ。冒険者になってから二年も掛かっちまったが……」

「いえいえ、上出来よ。冒険者なんて殆どがB級でその一生を終えるわ。運や才能が味方して行けたとしても精々A級止まり。S級なんて雲の上の存在よ。それをたったの二年足らずで……しかもソロ。おまけに最年少。誇っていい成績よ。今頃王都の冒険者ギルド本部ではノアの話題で持ち切りでしょうね」

そう言ってシェーラはニッコリとはにかむ。

そう、遂に達成したのだ。シェーラは俺に魔術の才能があると言った。それは俺がシェーラに拾われてから数日した頃だった。その頃から最強になるために、数々の課題をシェーラから与えられてきた。そうして二年前、新たに課せられたのが、冒険者ギルドに登録し、S級冒険者になることだったのだ。

「もう少しかかると思っていたけれど……」

「はっ、俺は天才魔術師みたいだからな。二年でも掛かったほうさ」

「……そうね。それに、丁度良かった」

「丁度良かった……？」

そう言ってシェーラはちょっと待ってろと言って部屋の奥へと入っていくと、何やら紙切れを一枚持って戻ってくる。

「これを見て、ノア」

「これは……」

それは、王都の名門魔術学院の受験票だった。

「誰のだこれ？」

「名前の欄をよく見てみて」

俺は言われた通りに名前の欄を見る。

そこには、「ノア・アクライト」と記されていた。

「……どういうことだ？」

「そういうことよ」

……はあ？

困惑する俺とは裏腹に、シェーラは楽しそうにニコニコとしている。

「まるで俺がこの学院に入学するみたいじゃないか」

「その通り」

「その通り!?」

さすがの俺も声を荒げる。その通り……つまり俺に魔術学院へ入学しろと言っているわけだ。仮にも〝雷帝〟と呼ばれるS級冒険者だぞ？

「――理由は？」

「次の課題よ。冒険者で正体を隠して力を付けるフェーズは終了。次は魔術学院で存分に暴れてらっしゃい」

「いや、だから理由を聞いているんだが……今更魔術学院なんて行く必要あるか？　普通にS級を目指してクエストを続ければいいじゃないか」

「ＳＳ級は焦らなくてもどうせノアならすぐ行けるわ。ここで少し冒険者業はお休み。次は対人戦というわけよ。これぱっかりは冒険者ギルドじゃ養えないからね。魔術学院にはなかなかの魔術師たちが集まるわ。特に王都のこのレグラス魔術学院にはね。レグラスは大陸一の魔術学院。魔術師のエリートが集うわ」

「魔術学院で対人経験ねえ……」

確かに、今までの冒険者ギルドでのクエストでは相手は主にモンスターだった。生息域をはみ出したはぐれのモンスターの討伐や、人を殺し過ぎた固有個体の討伐。レッドドラゴンのようなＳ級モンスターの討伐……。モンスター相手は嫌と言うほどしてきた。それもこれも、シェーラのためにも最強の魔術師になるためだ。

魔術学院……シェーラの意図はただ対人経験を積ませたいというだけじゃないだろう。恐らく、魔術師としての生き方……身の振り方か。冒険者以外にも魔術を使った職業はある。騎士なんか最たる例だ。騎士ともなれば、対人のほうが多いだろう。そう考えれば、確かにシェーラの課題としては悪くない……か。

「……魔術学院か、俺と戦える魔術師がいるといいが」

「それはどうかしらね。いるかもしれないし、いないかもしれない。それは行ってからのお楽しみ。あなたを成長させてくれる駒がいるか、あるいはあなたを破滅させる駒がいるか……」

魔術学院か……対人戦に興味がないわけではない。シェーラはこう言ってるわけだ。最強の魔術師を名乗りたかったら、他の魔術師を圧倒してみせろ、ってな。

上等上等。お望み通り、魔術学院とやらで俺の力を発揮してきてやろうじゃないか。

「どう？　私の課題、受ける？　それとも、怖気づいた？」

「ハッ、俺を誰だと思ってるんだよシェーラ。――当然だ、受けてたつぜ」

「それでこそ私のノアよ」

こうして、俺はシェーラの次の課題を達成するため…………レグラス魔術学院への入学試験を受けるのだった。

◇◇◇

魔力が激しく火花を散らし、閃光を放つ。

瞬間的に身体が降下し、地面に引き寄せられる。

遅れて、雷鳴が轟く。

俺は激しい落雷と共に着地し、衝撃で地面が焦げ付く。

「――ふぅ……。転移は相変わらず魔力の消費が激しいな。便利っちゃ便利だが……。ここが王都――」

巻き上がった煙が晴れると、そこは深い森の中だった。見渡す限りの木々。

「――じゃないみたいだな。少しずれたか……？」

どうやら王都ラダムスではないらしい。俺はシェーラに渡された地図を開いてみる。

俺の出発したローウッドに指を添え、そこから俺が飛んできた道を辿る。王都ラダムスから少し西に行ったところに森がある。恐らくはここか。久しぶり過ぎて少し飛び過ぎたか。

この距離なら歩いても行けるな。少しはのんびりと歩くか。

俺は地図をしまうと、東のほうへ向かって歩き始める。


俺は実に約二年ぶりに王都の地に足を踏み入れる。

冒険者時代、一度だけ王都への荷運びというC級クエストがあった。それ以来ということになる。何故だかシェーラは王都へ行くのを嫌がったため、クエストで来るまでは一度も来たことがなかったのだ。特に王都に来る用事もなかったし、俺も行こうとは思わなかった。

王都は人で溢れ、そこかしこに笑顔が溢れ、活気がある。道も入り組んでおり、一歩でも路地裏に踏み入れればあっという間に迷子になりそうだ。

レグラスでの試験にはまだ時間があるな。

本来なら何日も前に出発し、宿に泊まって準備——と行くところだが、俺なら魔術で一日どころか一瞬で来られるのだ。とりあえず試験まで時間を潰すか。試験開始までの時間を考えると、軽く酒場で飯を食う時間くらいは十分にある。

俺は目についた酒場に入ると、適当に空いている席に座る。ソーダ水と骨付き肉を注文し、一息つく。

試験は半日かかるとシェーラが言っていた。確か、実技の試験だけだったか。受験人数が多いから、自分の番にたどり着くまでが長いとか。

まあ実技なら特に不安もない。問題なく受かるだろう。誰か面白い受験生がいればいいが。

それに、俺が王都に来たのは受験だけのためじゃない。試験が終わった後は冒険者ギルド本部に寄る必要がある。A級まではならそこまで問題はなかったが、S級となると話は別なのだ。

クエストには何種類かあるが、大別すると二つに分かれる。全員が（もちろん階級による制限はあるが）受けられるクエストと、冒険者が既に指名されたクエストだ。A級までは前者のクエストしか受けられないのだが、S級以上になると後者のクエストも舞い込むようになってくる。

要は、お偉いさんが依頼するときに、ギルド本部がうちにはこんな人材がいますがどうでしょう？　と紹介するわけだ。あるいは、実績を聞いた貴族やらがあの人に頼むと依頼するのだ。

俺はソロでS級まで上がったうえに、最年少記録も同時に保持している。そのため、冒険者ギルド協会からの信頼が厚い。現に、今も二か月に一度くらいの割合で王都のギルド本部に所属しないかと打診が来るほどだ。

だから、俺が学生でいる間は指名クエストを拒否する必要がある。つまり、冒険者の休業手続きをしてくる必要がある。S級になると所属が強制的に本部になるため、王都に来て手続きするしかないのだ。面倒くさいが、今後毎回断り続けることを考えれば幾分マシだ。

「さて、受験票を確認しておくか……」

俺はローブのポケットから受験票を取り出す。

裏にはレグラス魔術学院までの地図が記されている。この感じだとここからまあまあ近そうだな。ここに来る途中に見えていた巨大な塔……恐らくあれだろう。

「あの、あの……！！！」

「ん……？」

不意に声がする。

そちらへ視線をやると、俺の座るテーブルの端から目から上だけを出し、中腰でこちらに語り掛ける姿があった。

ヒラヒラした服に、ショートパンツという活発そうなスタイル、赤色のロングヘアをした少女だった。髪には赤いリボンを付けている。

少女は酒場の出口と俺を交互に見ながら、オドオドした様子で話を続ける。

「その受験票……レグラスの受験生だよね!?」

何だこの子……迷子か？

「そうだけど」

「あの、い、今追われてて！　この席座っていい!?　というか下潜っててもいい!?」

「追われてる……？　厄介ごとなら俺に関わらないで欲しいんだが――」

「そこを何とか……！」

と、少女は目を瞑り、両手を擦り合わせながら俺に懇願する。

一体何だってんだ……新手の詐欺か？　王都の洗礼ってやつか？

「お嬢様！！！」

「ひぃぃ！　来ちゃったよ……！」

その大声に、酒場の入口に一斉に視線が集まる。

そこには、立派な燕尾服に身を包み、腰に剣をぶら下げた初老の爺さんが仁王立ちし、キョロキョロと店内を見回していた。

「……あんたのお客さんか？」

「そそそ、そう……！　お願い、匿って！」

少女は焦った様子でそう小声で捲し立てる。

あの老人……見たところ執事か……てことはこの子は貴族か名家。俺の受験票を見て話しかけてきたということはこの子も魔術師で試験を受ける受験生というわけか。腰にぶら下げている本も恐らく魔本の類。しかも、敢えて受験生を選んだということは、俺の魔術の実力を見込んでということか……匿ってもらった相手が戦えない商人じゃ意味ないからな。何となく話が見えてきた。

事情は知らないが、大方両親に受験を反対され強引に王都まで来たはいいが、尾行されて街中で逃走劇を繰り広げてたってわけか。

「匿うねえ」

「お願い～～!!」

さてどうするか……。貴族だったら、よその家の事情に首突っ込むのは得策じゃないが……。

俺なら問題ないか。

「──まあ面白そうだしいいぜ。試験まで暇してたからな」

「本当!?　ありがとう！」

「あとで詳しい話は聞かせろよ」

「もちろ──きゃあ!?」

俺は少女をお姫様抱っこすると、勢いよく立ち上がる。

「ななな、何!?　降ろして！　見つかっちゃうんですけど!?」

「いいから掴まってろよ。逃げるんだよ、こんなところで隠れててもすぐ見つかるぜ？」

「そうだけど……！」

「だったら正面から逃げ切ったほうがいいに決まってんだろ。行くぞ」

「ううう〜〜!!　わ、わかった！　あなたの言う通りにするから私を逃がして！」

「その依頼請け負ったぜ」

俺は勢いよく踏み込むと、裏口に向かって軽やかな足取りでテーブルの上を駆け抜ける。

「うおおあ!?　なんだなんだ!?」

「テーブルの上走るんじゃねえ兄ちゃん！　酔ってんのか!?」

「む……あれは……お嬢様!?」

ま、気付くわな。

初老の爺さんは鋭い眼光を光らせると、凄まじいスピードで追いかけてくる。

「待て！　お嬢様を抱えるとは……不届きものが！」

「ははは、鬼ごっこか、いい暇つぶしになるな」

「遊びじゃないんだってばあああ！」

俺はそのまま厨房を駆け抜け、裏口から外に飛び出す。通りにいた人たちが驚いた様子で俺たちを振り返る。

さてどこに逃げるか……どうせここで撒いたとしても試験会場で張られればチェックメイトだ。だったら……。

「お嬢様!!　奥様からの命令ですぞ、早くお屋敷に帰りましょう！」

「嫌よ、ハル爺！　私は……私は魔術師になりたいの！」

「私も応援したいですが……私を雇っているのはレイモンド家！　お嬢様のことは幼い頃より面倒を見てきていますが、奥様は裏切れません！」

「なんか訳アリみてえだが……だったら、俺が試験まで逃げ切るだけだ」

すると、爺さんの顔が険しくなる。

「ほう……この私から逃げ切れると……？　お嬢様を抱えたどこの誰とも知らぬ不届きものが……？」

「まあ余裕で逃げ切れると思ってますけど」

すると、爺さんは思わず笑い声を漏らす。

「はっはっは、舐められたものですな。老体と思って甘く見ていると足元を掬われますぞ若いの。これでも若い頃は〝孤狼〟と呼ばれた剣士。まだそこいらの魔術師に負けるほど耄碌しておらんでな」

「だったら、試してみるか？　爺さん」

俺は片方の口角を上げ、挑発して見せる。

「……最近の若いのはいきが良いですな。お嬢様を抱えて逃げ切れると思っているとは御目出度い」

そう言いながら、爺さんは両腕の袖を捲ると、トントンと身体を跳ねさせる。

「──舐めるなよ小僧！」

ブワっと風が舞い、一瞬にして爺さんの身体が俺の目の前に現れる。

それはまるで瞬間移動とも呼べるほどの足さばきで、並大抵の使い手ならこの初手で即アウトだろう。──だが。

俺は伸びてくる爺さんの腕とは反対方向に、軽く飛びのく。

「お互い様だ、爺さん。──〝フラッシュ〟」

刹那、バチッ！　っと激しい閃光が走り、俺の身体は一瞬にして後方の屋根の上へと飛び移る。瞬間的な身体強化。刹那を左右する局面で絶大な力を発揮する魔術だ。

連発はできないが、虚をつくには十分すぎる。

俺のさっきまでいた場所で、爺さんは腕を空振らせる。

「ッ!?」

「な、何今の…………魔術!?　ちくっとしたけど……」

「初歩的な魔術だよ、いちいち驚くな」

「初歩……」

「こっちだぜ爺さん」

俺がそう声を掛けると、爺さんはハッと俺に気付き屋根を見上げる。

「…………口だけではないようだな」

「爺さんは口だけか？　捕まえてみろよ、爺さん」

爺さんの額に、青筋が走る。

「望むところだ、小僧……！」

俺は屋根を猛スピードで伝いながら、辺りを見回す。

どこか都合のいい場所は……。

「ど、どこに向かってるの!?　ハル爺から逃げ切るのは本当に難しいよ!?」

俺の腕に抱かれながら、少女は風の音に負けじと声を張り上げる。

「逃げ切る気はねえ」

「えぇ!?」

「ここで逃げ切っても試験場に張り込まれたら詰みだろ。ちょっと考えればわかる」

「た、確かに……。ハル爺を撒くことばかり考えてた……」

大丈夫かこの子……。結構天然か？

「じゃ、じゃあどうする気？」

「そりゃ勿論このまま路地────」

瞬間、俺が踏み込もうとした厩舎の屋根がバラバラに砕け散り、俺はバランスを崩して地面に落ちそうになる。

「きゃあぁ！」

踏み外し、身体が宙で一回転する。世界が逆さまになる。

俺は少女をがっちりと掴んだまま、咄嗟に〝フラッシュ〟を発動し、壁を蹴り上げ向かい側の屋根に飛び移る。

「──っと、容赦ねえな。弁償だぞこれ」

「び、びっくりした……」

厩舎の下では、剣を抜いた爺さんが俺を見上げていた。

「お嬢様を連れ帰るのが第一でな。そういう些事には構っていられん」

「些事ね……おーこわ」

「ややや、やっぱ無理だよ！　本気のハル爺からは逃げ切れない……！　あんな剣技、常人じゃ避けられないよ！」

「いやいや、まだ一発ももらってないから」

が、少女は俺の言葉を聞こうとせず腕から降りようとする。

「このままだとあなたまで傷付いちゃうかも……やっぱり私自分で何とかする……」

「諦めんのか？　多分自分じゃ無理だから俺に頼ったんだろ？」

「そうだけど……。――だって……人に迷惑かけてまで自分の都合を通そうとは思えないもん……。頼っておいて都合がいいかもしれないけど、ハル爺、思ったより本気みたいだし……」

「安心しろって」

「無理だよ、見たでしょ!?　ハル爺は本当に強いんだから！」

「大丈夫、俺、最強だから」

「はあ!?」

俺は問答無用で少女をがっしりと担ぎなおすと、辺りに目線を飛ばす。

ここから近くて、人通りが少ない場所――――あった。

「行くぞ、女――っと、名前は？」

「ニ、ニーナだけど……」

「行くぞニーナ。依頼はまだ終わってない。お前には絶対に試験を受けてもらう」

ニーナは俺の言葉に決心したのか、さっきまでのふわふわした表情とは打って変わり、きゅっと顔を引き締める。

「わかった……私あなたに賭けてみる……！」

「そうこなくっちゃな」

俺はそのまま一気に駆け出す。

「む！　まだ逃げるか……甘いわ小僧！」

爺さんも屋根に乗り上がり、駆け出す。

よしよし、付いてきてるな。さて、あそこの路地まで上手く誘導するとしよう。


「逃げるのは終わりですかな？」

王都の裏路地。入り組んでいて、左右の大きな建物が陽の光を遮り、薄暗い。ここで叫んだとしても、声は表通りには届かないだろう。

俺は抱えたニーナを下ろすと、俺の後ろに回す。

「逃げるのは終わりだ。正直俺はあんたに何の恨みもない」

「でしたら、お嬢様を返してもらってもよろしいかな？」

俺は頭を振る。

「それはできない。ニーナに試験を受けさせる。そういう依頼だからな」

すると、爺さんの眼光が鋭くなる。深く刻まれた皺や傷が、長年戦場に身を置いてきたことを物語っている。決して弱いわけじゃない。むしろ、かなり上位の部類だ。

「お嬢様を呼び捨てとは……これだから魔術師という輩は……」

「魔術師は関係ないと思うが」

「――もうよい。わざわざこんな路地に逃げ込んだということは……私と戦うのが目的であろう？　はっ、笑わせる。その過信、一瞬で粉々に砕いてくれる」

「え!?　そうなの!?」

すっかり言いそびれ、俺の目的を聞いてなかったニーナはここにきて驚きの声を上げる。

「あぁ。悪いが爺さんには試験が終わるまで眠っててもらう。この路地でな」

俺はスッと体勢を戦闘モードへと移行する。

身体に魔力が溢れてくるのがわかる。

対する爺さんも、腰に携えたもう一本のサーベルを抜き、二刀を構える。

「ふぅぅぅぅ……」

気迫が伝わってくる。有名な剣士だったたってのはその通りらしい。だが――。

「行くぞ！　小僧!!」

爺さんは一気に詰めよってくる。酒場で見せた高速の動き。

地面を一気に蹴り上げ、高速で左右に移動する。目にも止まらぬ速さ……が、俺はそれを目で追い、動きを視界に捉え続ける。壁を走り、反対側の壁へ飛び移り、地面すれすれをサーベルで斬り刻みながら高速移動する。

速いな……魔術なしでこれか。確かに世界は広いな。だが……。

「おいおい、魔術師に正面突破は愚策だろ」

次の瞬間、一瞬視界から消えた爺さんが俺の真横を通り抜け、背後で飛び上がると、空中で身体を横に回転させ、その勢いで斬りかかる。

まさに回転斬り。遠心力を攻撃に転換した攻防一体の攻撃。

——だが、俺には見えている。

俺は瞬時に反応し、すぐさま後ろを振り返る。

「何っ!?」

俺は爺さんの攻撃に合わせ、手を前にかざす。勢いの付いた爺さんはもう止まることはできない。

魔力が一気に溜まり、眼前に浮かぶ魔法陣が、激しく弾ける。

「しばらく眠っていろ——〝スパーク〟」

刹那、俺の眼前に広がった魔法陣から、紫の閃光が一直線に爺さんに向けて放たれる。

「単純な攻撃魔術!? そんなのじゃハル爺は……!」

「甘い! 若いな……そのような単純で直線的な魔術攻撃……こんなものを受け流すのは造作も——」

しかし、その電撃は、爺さんの受け流そうとかざした剣をそのまま押し返す。

「ぬおっ……こ……れは……ッ!! グハァァッ!!」

爺さんは俺の紫電をもろにくらい、後方へと一気に吹っ飛んでいく。

路地に積み上げられた木箱に豪快な音を立てて突っ込むと、爺さんは身体からプスプスと煙を上げ、ガクッと気を失う。

「寝てな、爺さん。ニーナは試験場に連れてくぜ」

「ハ、ハル爺!?」

倒れこむ爺さんに、ニーナが駆け寄る。

「安心しろって、死なない程度に威力は抑えてるから。ま、しばらくは目覚めても痺れて起き上がれないだろうぜ。これなら試験終了まで時間は稼げる」

「ほ、本当に死んでない……？」

「安心しろって」

「……ほんとだ、息はある。……ありがとう」

そう言ってニーナは立ち上がる。

「ハル爺を安全なところに寝かせておきたいから……ちょっと宿探してもいい？」

「好きにしな。ここで寝かせてたら追剥にでも遭いそうだしな」


少し歩き、俺とニーナは近くに宿屋を見つけると、部屋を一つ借り、爺さんをベッドに寝かせる。執事といい、お嬢様という呼び方といい……それに宿を簡単に借りられる財力。やっぱりかなりのいいとこの嬢ちゃんだよなあ。

「――ふぅ。ありがとう。えーっと……名前は……」

「ノアだ。ノア・アクライト」

「ありがとう、ノア君。助かったよ」

「気にすんな。いい暇つぶしになった」

対人戦……確かに興味深いな。ただの剣士だったが……それでも常軌を逸している。モンスターと違い、思考を持ち技を使ってくる。これがシェーラが言っていたことか。

「でもいいのかよ、仮に試験に合格したとして、今度は通えるように説得しなきゃいけないんだぜ？　試験を受けるために強引に爺さんを寝かせたのとはわけが違うぞ」

「わかってるよ……。でも、そこは大丈夫かな」

「どういうことだ？」

「うちは魔術師の家系でもあるから。お母さんは怖いだけなんだ、受験を失敗した娘がいるっていう評判が広まるのが。だから、試験さえ受けられれば問題ないの」

なるほどな。貴族のメンツってわけか。バカらしい。だが、貴族がそういうのを大事にしているというのは冒険者の頃に……特にA級になってからは良く見た。

見栄を張らなければ生きていけない生き物なのだろう。恐らく、政治的な意味も持つだろうしな。俺には分からない世界だ。

「そうか。平気ならそれでいい。じゃあそろそろ――」

「あぁあああああ！！！！」

と急にニーナが叫び声を上げる。

俺は咄嗟に両耳を押さえる。

「……んだよ……うるせえな……」

「時間……」

「あぁ？」

「試験開始までもう殆どない……こっからじゃもう間に合わない……」

ニーナは膝から崩れ落ち、地面に両手をつけ項垂れる。

「せっかく助けてもらったのに……しかもノア君まで巻き込んじゃって……」

ニーナはこの世の終わりとでもいうような表情で地面に突っ伏し、目を見開く。

「おいおい、安心しろよ。余裕で間に合うから」

「無理だよ……学院まではここから王都の真反対……試験開始までには……」

俺は項垂れてるニーナを強引に起き上がらせる。

「な、何!?」

「任せとけよ。一瞬で連れてってやるから」

「一瞬……？」

「ちょっと痛いかもしれねえけど……」

「へ……？」


「いやあああああ！！！」

雷鳴と共に着陸したのは、巨大な建物——レグラス魔術学院の目の前。

周りの受験生たちは何事かと驚愕した顔でこちらを見ている。

「何だ今の……？」

「……落雷か？」

「だ、大丈夫か!?　あの人たち雷直撃したみたいだけど……」

俺は腕に抱えた放心状態のニーナをそっと地面に下ろす。

ニーナはフラフラ身体を揺らし、唖然とした表情でぽけーっと眼前に聳(そび)える校舎を見上げる。

「なな……何が……ビリビリってしたと思ったら……――ってここ、レグラス!?　レグラス魔術学院!?」

「間に合っただろ?　これで気兼ねなく試験を受けられるな」

「そ、そうだけど……今のってまさか、転移魔術……!?」

「まあ疑似的なな」

ニーナは理解が及ばないといった様子で額に手を当てる。

「さ、さすがに規格外すぎて理解が及んでないんだけど……」

「まあ気にするな、俺が最強すぎるだけだ」

俺の反応に、ニーナはぽかんと呆けている。

余程俺の魔術が衝撃的だったようだ。いくら持って生まれた魔術式が強力でも、さすがに転移を可能とする者は殆どないだろう。俺のだって雷を応用した疑似的なものだし、初めて見る――いや、初めて体験したといっても何ら不思議じゃない。

「あのハル爺を一撃で倒したり、転移魔術使ったり……ノア君って一体何者なの……?　私となんでもない人に声かけちゃった……?　もしかして名家の――」

「んなわけないだろ。アクライト家なんて聞いたことあるか?」

「な、ないけど……でも、だったら余計に……」

「まあまあ。入学すりゃあここの学生になるんだ、それで十分だろ？」

「そうだけど……はあ。ノア君みたいなのがゴロゴロいると思うと今から胃が痛いよ……」

そう言ってニーナは胃の辺りを擦る。

「安心しろよ、俺レベルなんてまずいないからよ」

「あはは……もう笑うしかない……」

「しゃきっとしろよ、合格するんだろ？」

と、俺の言葉に、呆けていたニーナの顔が徐々に生気に溢れてくる。

「――そう、そうだよ！　こんなことでテンパってる場合じゃない！　私だってとっておきがあるもん！　絶対受かってやる！」

「その意気だぜ、さあ行こうぜ。せっかく間に合ったのに遅刻しちまう」

レグラス魔術学院はかなり広大な敷地で、遠くに見える王宮と比べても遜色ないように見える（まあ近くで見りゃあ王宮のほうが何倍も立派だろうが）。

歴史がかなりあるようで、建物は所々傷んでおり、それがまた雰囲気を醸し出している。庭は綺麗に手入れされており、芝生が広がる。その奥には温室が並んでおり、中では植物が栽培されている。遠くに見えるのは何やら怪しげな塔。その手前には四角い建物が並ぶ。訓練場だろうか。

見る物すべてが初めて見る物で、俺は興味深げに辺りをキョロキョロと見回す。

ここで学ぶことになるのか……俺が満足できる相手がいるといいが。

俺たちは敷地内を見て回りながら看板に書かれた案内に従い、試験会場へと進む。

周りにはブツブツと何かを呟く受験生や、不安そうに地面をぼーっと見つめている受験生、周りにガン飛ばしながら威圧する受験生など、とにかくピリついた空気が漂っていた。すでに試験は始まってると言わんばかりだ。

そうしてしばらく歩くと、たどり着いたのはかなりの人数を収容できそうな大講堂。天井が高く、半円形に席が並んでおり、それが段々になっている。

「うわあ、人多いね……」

「毎年かなりの人数が受けるらしいからな」

「倍率毎年50倍近いらしいよ……」

「定員は何人なんだ？」

「大体90人くらいらしいわ」

「90か……」

「受験人数が多すぎるから十日間に分けて試験が行われるからね。私ノア君と同じ日程で良かったよ」

90人……なんだ、S級冒険者より多いじゃないか。

これなら楽勝かな。

「——あ、あのあたり空いてる。座ろうか」

「おう。間に合ってよかったな」

◇　◇　◇

「ようこそ、レグラス魔術学院入学試験へ。私は試験監督のレイノルド。よろしく頼む」

　そう言って、壇上に立つ黒髪の男は軽くお辞儀をする。

　レイノルドはぐるっと俺たちを見て、ウンウンと頷く。

「君たちで四日目の受験生なわけだが……いいね、いい顔つきだ。毎年私が全日程の総監督を務めるが、我が校を受ける受験生はいい顔をしているよ。さすがエリート校と言うべきかな」

　総監督……入試の総責任者か。ということは、こいつが最終的な合格不合格を決めているというわけだ。

「──だが、我が校に相応しくない、レベルの低い魔術師が多く受験しているのも事実。君たちはどちらかな？」

　ピリついていた空気が、より一層引き締まっていくのを感じる。

　挑発が上手い奴だ。

「無駄話が過ぎたな。さっさと本題へ移ろう、時間は有限だ。──試験は試験担当魔術師との模擬試合だ。君たちの鍛えてきた魔術を存分に見せて欲しい。もちろん、担当魔術師間でも多少のレベル差はあるが、どのような基準で判断するかはちゃんとしたマニュアルがあるから、安心して欲しい。劣等生が運で優等生を差し置いて合格するなんてことはあり得ない。そこは信頼してくれたまえ。もちろん、君たちがどこの貴族だろうが、どこの名家だろうが関係ない。強い者は受かり、弱い者は落ちる。それだけだ」

不敵に笑い、そう言い切るレイノルドに、会場がざわつき始める。

強い口調に動揺しているのか、あるいは貴族だから受かるだろうと高を括ってきた奴がいるのか……どちらにせよ、俺にとっては好都合。平民だというだけで落とされちゃ敵わんからな。

「――よし、だらだらしていても時間がもったいない、てきぱき行こう。君たちの高めた集中力を途切れさせても悪いからな。それでは解散だ。各自受験票に書かれた所定の訓練場に向かい、担当魔術師の指示に従って試験を開始してくれ。……この中の殆どがもう私と会うことはないだろう。先に言っておく。さようならだ。また会えるよう……健闘を祈っているよ」

こうして、レグラス魔術学院の入試が始まったのだった。

「さて実技か。ちなみに自信のほどはどうなんだ？」

「私？　当然、自信あるに決まってるでしょ！　じゃないと親の反対振り切ってまで来ないよ！」

「へえ、さっきは胃が痛いとか言ってたのによ。あの爺さんから逃げるのに苦労してた奴とは思えねえな」

「…………そ、それは……何というか……気が弱くなっていたというか……」

と、俺の言葉にニーナは悲しそうにしょぼんと頭をもたげる。

「――あぁもう、悪かったよ。そんな悲しそうな顔するなよ……」

「あはは、ごめんごめん」

「そういや、ニーナの魔術の訓練は独学か？　それとも家で何か指導でも受けてるのか？」

「うん、うちには専属の家庭教師がいるよ。ただ、あんまり好きじゃないかな……。何かと姉さんと比べられて……――っていいよこの話は。私は合格するために来たんだから！　余計なことは考えない。頑張ろう、ノア君！」

「？　まあいいや、とにかくその意気だぜ。理由はどうあれ俺と関わったんだ、少なくとも合格はしてくれよ」

「任せて、私も助けてもらったからには絶対ただじゃ起きないから……絶対受かってみせる！」

そう言ってニーナはグッと拳を握りしめ気合を入れる。

案内通り歩き、試験場へとたどり着く。扉が複数あり、扉の上にはそれぞれ文字が刻まれている。

各受験生たちは予め割り振られた訓練場へと入り、それぞれ実技試験を受ける。

俺とニーナの会場は、確か一緒だったはずだ。

「えーっとどの訓練場だったっけな」

「んとね、確か受験票に……。あ、あそこの扉が――」

「おや、どなたかと思えばニーナ様じゃないですか」

その声は俺の後方から聞こえた。振り返ると、そこに立っていたのは金髪の少年だった。

「……誰だお前？」

「ル、ルーファウスさん……!?」

ニーナは驚いた様子で目を見開く。

ルーファウスと呼ばれた金髪の少年は、薄ら笑いを浮かべて言う。

「何だ貴様、俺に向かって誰だだと？　世間知らずにもほどがある……。お前こそ誰だ、ニーナ様と一緒にいるなんて……新しい執事か何かか？　にしては態度が酷いな……」

「執事なわけあるか。俺はただの一般市民の受験生だよ」

「は……？」

すると、ルーファウスと呼ばれる少年は一瞬目を見開き、耐えきれなかったのか身体をくの字に曲げて大笑いする。

「は――……あっはっはっは!!　へ、平民!?　貴族ですらないのか！　よくこんな神聖なる魔術学院に入学しようと思えたな。平民が魔術をまともに使えるわけがないだろ、勘違い野郎か？」

「…………」

なるほど、この手の輩か……。冒険者時代に嫌と言うほどこういう貴族様は見てきたぜ。

そう考えると、S級になってこいつらのお抱えになるのも考え物だったな。シェーラには感謝したほうがいいかもしれん。

「……恐らくこの場にいる誰よりも俺は魔術に長けてるぜ？　多分お前よりな」

「はっはっは！　ジョークが得意だな！　ニーナ様、さては大道芸人でも雇いましたな？　なかなかユーモアのセンスがある男だ」

「本気だぜ？　ルーファウス」

「……あ？」

ルーファウスの顔が、わなわなと震えだす。

余程俺に呼び捨てにされたのが堪えたらしい。

「おいおいおい……いくら無知だとは言え、ここまでの馬鹿は見たことがないぞ？　やはり平民は所詮この程度か……ド田舎で井の中の蛙でいられるのは幸運なことだなあ。本当の魔術という物を知らずに自分が最強だと信じられる。何てお目出度い！　精々お前のしている魔術のお遊びではなく、本物の魔術をその目に焼き付けて帰るといい。受験料が無駄になったな、平民」

そう言って、もう一度ルーファウスは嘲るように笑う。

何にも響かねえなあ。プライドだけは一丁前に育ってしまって……どうやらまともな教育を受けてこなかったらしい。

「ニーナ様も、ニーナ様ですよ。こんな下賤な輩を伴っていてはあなたの品格まで下がります」

「ル、ルーファウスさん！　訂正してください！　ノア君は凄い人なんですから！」

「おやおや、公爵令嬢ともあろうお方が平民の肩を持つとは……」

「なるほど、こうしゃ……公爵令嬢！！？」

思ってもいなかったワードに、俺は思わず声を張り上げる。

おいおい、待て待て……どこぞの辺境の貴族だと思ってたら……ガチもんじゃねえか……！

公爵ということはほぼ王族……！　貴族の中の貴族じゃねえか……！

「ニーナ……まじ……？」

「あっと……ごめんねノア君。騙そうとかそういうんじゃなくて……私が公爵家の娘だなんて知ったら引かれるかと思って言ってなかったの……」

どうりで羽振りがいいと思ったぜ。建物壊しても気にも止めねえし、宿もポンと借りるし……。

「あーっと……あのな、執事の爺さんへの傷害は……」

「それは私がちゃんと言っておくから安心して。悪いようにはしないから」

「そりゃよかった」

それを聞いて俺はほっと胸をなでおろす。

嫌だよ俺は、国と全面戦争なんて。負ける気はしないが、厄介ごとを抱えこむにしては楽しさと釣り合わな過ぎる。

「おいおい、公爵家のお嬢様とも知らずにいたとは、本当にただの平民のようだ。ははは、大人げなかったかな？　魔術も田舎流の上、教養までないと来た。……ますます君の魔術の実力が見ものだよ。精々試験で恥をかかないことを祈るんだね」

「そう言うお前はどうなんだよ」

「僕かい？　僕はあのアンデスタ侯爵家が次男！　知ってるか？　知らないだろうなあ、魔術の名門にして侯爵！　平民なら僕の顔を見れただけでもラッキーだと思ったほうがいい」

「へえ、貴族だか何だか知らねえが、実力を聞いて家の名前を出すあたりたかが知れてるな。自分で胸を張れるもんが一つでもねえのかよ、お坊ちゃん」

「なっ……！　貴様侮辱しているのか!?」

俺は肩を竦める。

「してませんよ、ルーファウス様。あんたにここで会えたのはラッキーだ。その名門貴族とやらが口先だけかどうかわかるんですからねえ。精々頑張ってくださいよ、ルーファウス様。入学式の日、あなたがいなかったら大変だ」

俺は口角を上げ、ニヤニヤと笑う。

それを見て、ルーファウスは顔を真っ赤にして激怒する。

「～～～!!　無礼だぞ貴様！！！　僕を一体誰だと――」

すると、不意に訓練場の扉が開く。

「ノア・アクライト、ニーナ・フォン・レイモンド。いたら中へ入れ。もう開始時間だ」

「おっと、呼ばれたみたいだ。それじゃあな、アンデスタ侯爵家の次男さん。平民が受かって貴族が落ちるなんてことがないといいっすね」

「貴様………！」

「ご、ごめんねルーファウス君……彼も悪気はないから……」

「いや、あるけど？」

「今そういうのいいから！　わざわざ敵を作らなくてもいいでしょ！」

俺はニーナに背中を押され、訓練場へと入っていく。

後方では、扉が閉まるまでものすごい形相でルーファウスが俺を睨みつけていた。

「ごめんね、ルーファウスさんが変な絡み方して……」

「何が？　別に気にしてないぜ？　ああいう貴族がいることも知ってるしな」

俺の言葉に、ニーナが僅かに目を見開くと、少ししてフフっと微笑む。

「……そっか。そうだよね、さすがノア君だなあ。私が公爵家の人間だと知っても――」

「何も変わらねえよ。まあさすがに驚いたけど……。敬語で接しなさい、さもないと首をはねますっていうなら敬語にするけど」

「そ、そんなこと言うわけないでしょ！」

「だろうな。ニーナはそういうタイプじゃねえよな」

まあ裏を返せば、それで公爵家としてやっていけるのかって気もするが、いい奴だってのは間違いないな。

「あはは、良かった。ノア君は想像通りの人だね。まあ、ちょっと挑発しすぎな感じはするけど……いくらノア君が強くても敵を作るのはあまりよくないよ……誤解されたりするし」

「悪い悪い、今度からは気を付けるよ」

「うん！　でも本当ノア君と知り合えてよかったよ」

「なんだそのお別れの言葉みたいなのは」

「そういうつもりじゃないけど……とにかく試験頑張ろう！」

「あぁ」

訓練場は魔術戦を考慮してか思っていたよりも奥行きと高さがあった。それに、壁も地面もかなり頑丈そうな造りだ。両側の壁には複数種類の武器が立て掛けられており、魔術だけでなく武器を使った戦いをする生徒のための備品も揃っている。

その訓練場内には、既に三十名ほどの受験生たちが壁際に並んでいた。

どいつもこいつも高そうなローブや服を着ており、貴族や名家だらけなんだろうと推測できる。全員が全員さっきのルーファウスみたいだとは思わないが……まあ貴族と平民に隔たりがあるのは今に始まったことじゃない。それに、どう思われようがどうせここにいる奴は俺以外殆ど落ちるしな。

――まあニーナだけは受かってもらったほうが嬉しいが。

「いっぱい来てるね……あっ、あの赤いローブを着てるのはゴーレム魔術の名家ゴート家の子……あっちの茶髪の男の子はリュード伯爵家の長男で確か凄い炎魔術を使うとか……うわあ、本当みんな有名どころばかり……」

「へえ、詳しいな」

「ノア君が知らな過ぎる気も……」

「ようこそ、受験生の諸君。俺はガンズ・タイラー。雇われの試験担当魔術師だ」

前に立つ男が、不意にそう声を上げる。

黒髪のオールバックに、顎に生えた無精ひげというワイルドな風貌。どう見てもこの学院の教師ではなさそうな見た目だ。この人が担当魔術師……。

どうやらこいつは有名人だったようで、周りがざわざわとしだす。

「〝元騎士〟S級冒険者のガンズ……本物だ！」

「すげえ、こんな大物が試験担当魔術師……さすがレグラスだな」

「私ファンなんだよね！　サイン貰えないかなあ……」

〝元騎士〟、そしてS級冒険者……！

なんだ、この人も冒険者なのか？　それにこの知名度。ここにいるほぼ全員が彼のことを知っていそうな素振りを見せている。もしかしてS級冒険者って結構有名なのか？

「なあニーナ。お前は知ってるか？　あいつのこと」

「もちろん！　S級冒険者なんて数えられるほどしかいないし、その中で魔術師なんて魔術師の憧れだからねえ。全員名前言えるよ」

「まじか……冒険者って有名な仕事だったんだな……」

予想外だ……そりゃそうか。こいつらの大半は貴族や名家。S級の指名制を考えれば知名度が高いのは当然か。

　普段B級以下のゴロツキしか見てなかったから意識したことはなかったが、S級以上ともなると話が変わってくるか。

「そう言えば最近私達と同い年でS級になったっていう凄い人がいるんだよ、知ってる？」

「…………知らないな」

　……俺か？

「その名もS級冒険者、ヴァン！」

　俺だな……。

「その強さから、〝雷帝〟なんて言われてるんだよ。もし彼が受験しに来たら他の人が霞んじゃうよね」

「へえ……確かに、そんな奴が紛れ込んでたら他は霞んじまうかもな」

「とか言って、実は来てたりして……ふふ」

　そう言ってニーナは楽しそうに笑う。

「さすがに来ないだろ。S級になったんならそのまま冒険者でいたほうがいいだろ？　その上にSS級があるんだ、わざわざ学院に通うなんて言い出すわけないと思うがな」

「まあ確かにね……残念、ちょっと見てみたかったなあ。でも仮面で姿を隠してるって言うし、こんな公の場には来ないか」

　どうやら〝ヴァン〟のほうは既に知名度がありそうだ。まさかこれほど知れ渡っているとは。

ニーナが公爵令嬢だから特別そういう事情に詳しいってのもあるかもしれないが……。まあ多少は警戒したほうがいいか。これから魔術学院で対人戦を磨くのはあくまで〝ノア〟だからな。魔術学院生とS級冒険者。二つの顔を持っておくと後々使えるタイミングが来るかもしれない。出来るだけこの二つは別物としておきたいところだな。

受験生たちの囁く声を聞き、ガンズはうんうんと頷く。

「ちらほら俺を知ってる奴がいるみたいだな。光栄光栄。もちろんこれは依頼だからな、俺のファンだろうが平等に試させてもらう。——あぁ、勿論安心してくれ、こっちの剣は抜かない」

そう言って、ガンズは腰二本ぶら下げている剣のうち、左の剣に軽く触れる。

どうやらあっちの剣がガンズの切り札……代名詞みたいな物のようだ。恐らくは魔剣の類か。受験生相手には本気を出さないから安心しろってわけか、見くびられてるな。

——面白い、ちょっと抜かせてみるか。

ガンズの魔術は実に補助的だった。

恐らくは風系統の魔術。風の力で相手の動きを誘導し、その場に固定する。その中で絶対に避けられない一撃を食らわせる——それが必勝パターンのようだった。

体内魔力量はそれほど多くない。持って生まれた魔術式も強力ではない——が、それを上手く活かして剣術へと昇華させている。なるほど、冒険者として優秀……そして元騎士だけあって対人にも応用が利くというわけか。器用な奴だ。

俄然ここまで一回も抜いていないその剣の力、見てみたいな。

「ぐ……身体が……！」

「よっと！　攻撃が単調だぞ？　せっかくの魔術が台無しだ」

「――ッ！」

隙だらけの上段の構えから、余裕しゃくしゃくで剣を振り下ろし、受験生の眼前ギリギリで寸止めする。

その剣圧で、ブワっと一気に風が吹き抜ける。

「ま、参りました……」

「……うっし、君の実力はよ～くわかった。下がっていいぞ」

「は、はい……ありがとう……ございました……」

がっくりと項垂れ、受験生はトボトボと俺たちのほうへと戻ってくる。

ありゃ駄目だな、失格だ。

「おいおい……この訓練場が一番難易度高いんじゃないか？」

「もう二十人超えてるのに、誰もまともに魔術当てられてないぞ……」

「うわあ、さっきは喜んでたけど外れ引いたかも……最悪だ……」

「あぁ～兄ちゃんが雇われの担当魔術師に当たったら運が悪かったと思えって言ってたのはこのことか……」

と、次々と落胆の声が聞こえてくる。

確かにこの一方的な展開はたとえ左の剣を抜いてないとはいえ少々普通の受験生には可哀想だな。恐らく受験生が多すぎて担当する教師が人手不足故にS級冒険者を雇ったんだろうが……。正直格が違いすぎるな。人気で雇ったのか、相手の力量を測るという戦い方ができているようには思えない。本人は至って真面目にやってるのが余計にタチが悪いな。

「ふむふむ……まあエリート校っつってもこんなものか。所詮受験生だしな。暇つぶしになるかと思ったが……。まあいい、次。えーっと……ノア・アクライト」

「が、がんばってノア君！　ノア君ならきっと……！」

「余裕だよ、任せておけって」

そう言って、俺は悠然とガンズの前に出る。

「君は——平民か」

「何か不満でも？」

「はは、不満なんてない。平民故のハングリー精神ってのがあるからな。意外と侮れないのさ。……まあ、その逆——つまり所詮は平民ってこともあるのは否定できないけどな。それに……」

ガンズは少し楽しそうに俺を見る。

「今までの試験を見て余裕とは……いいね、受験生はそうでなくっちゃな。君の力、どれほどか見せてくれよ」

「あぁ、俺はあんたの左の剣を抜かせるぜ？」

「いいね。そこまで俺を追い込もうという気概、悪くない」

ガンズは右の剣を構え、フッと気合を入れる。

「さあ始めよう。戦えばわかるさ。君が本物かどうか」

俺とガンズは一定の距離を保ち動かない。今までとは違う静かな立ち上がり。

周りは固唾を飲み、俺たちの様子をじっと見つめている。

「……動かないのか？」

痺れを切らし、先に口を開いたのはガンズだった。

「そんな無防備に立っていたら、いつでも斬りかかってこいと言っているようなものだぞ？」

「そう言ってるんだよ」

俺の発言に、ガンズは拍子抜けを食らったようにポカンとした表情を浮かべる。

「……どうやら君に感じた気概はただの無知から来るものだったようだ。今までの私と受験生たちとの戦いを見て何の危機感も感じられなかったとは」

ガンズは溜息をつき、首を振る。

完全に俺を興味の対象から外したようだ。

「君みたいな受験生は多く見てきたよ。自分の力を過信し、相手を侮り、そうやって舐めてかかってきた奴を山ほどどね。そういうところが、他の貴族・名家から平民が蔑まれる理由でもある。貴族・名家は生まれたときより魔術を叩き込まれる。魔術師になるために生まれてきたと言ってもいい。もちろん、全ての貴族がというわけではないが……周りも比較的魔術師が多い。そんな荒波の中でもまれてきた彼らが、弱いわけがない。一方で君たち平民は周りに魔術師がいないことが殆ど……そんな中で自分の力を過信し、万能感に浸るのは仕方のないことだが、競争なきものに成長はない。だから——…………何を笑っている？」

ガンズは言葉を切り上げ、俺の顔を見る。

俺は自分でも気づかぬうちに、その話を聞いて頬を緩ませ笑ってしまっていたようだ。俺はそっと口を手で隠す。

「——いや、平民だ貴族だいちいち五月蠅い奴だなと思ってね。試験の担当魔術師ってのは皆そうなのか？」

「何？」

「大人しくかかってこいって言ってるんすよ、先輩。出自で相手を見るなんて三流のすることだぜ」

俺の言葉に、ガンズは無精ひげを撫で、深くため息をつく。

「言葉が過ぎるな、ノア・アクライト。……わかった。受験生には多少魔術を見せる時間を与えるために敢えて最初に攻撃させてきたが、それほど自信があるというのならこちらから攻撃してやる。後悔しても遅いぞ」

「いいね、ワクワクしてきた」

「その自信——本物か見せてもらうぞっ!!」

瞬間、ガンズの魔術が発動する。

俺の身体を引き寄せるように、後方から猛烈な追い風が吹く。周囲の風の操作……シンプルな風魔術！

近づいて欲しいなら、望み通り近づいてやる。

俺は風の勢いに逆らわず、ガンズに向かって走り出す。

「フンッ!!」

ガンズの剣が半月状の軌跡を描き、俺の首目掛けて飛び込んでくる。

明らかに殺意が籠った刃……意外に沸点低いな、この人。

「――〝スパーク〟」

瞬間、俺の手から発せられた電撃が、ガンズの剣を弾き返す。

「なっ……!?」

それだけではとどまらず、スパークの勢いに押され、ガンズは大きくその身体を仰け反らせる。

「ぐっ……！　おいおい……何だこの威力……！」

「どうした？　ただの単純な魔術だが」

「…………」

ガンズは少し自分の剣と手を眺め、痺れたのか手のひらを何度も握り直す。

「……なるほど。口だけじゃないようだ。シンプルな雷魔術だが、威力は他の雷魔術の使い手とは比較にならない……まったく、油断ならないな」

そう言って、ガンズは持っていた剣を鞘に戻し、腰の左に携えた剣に手を掛ける。

さすがS級と言ったところか……あの一撃で俺と他との差を明確に理解したか。実力は確かみたいだな。本気でくるか。

「俺が間違っていたみたいだ。お前は強い……お望み通り、魔剣を抜いてやる」

「はは、いいね。見せてくれよ、その力」

「――起きろ、魔剣〝シュガール〟。嵐の時間だ」

「魔剣……！」

「うそ、ガンズさんがシュガールを……!?」

「あの受験生何者だ!?」

一気にざわつく会場。

ガンズはゆっくりとシュガールを鞘から抜く。

一気に空気が変わる。

その剣は、一見して普通の剣だが、剣の周囲の景色がどこかブレている。

あの剣の周りは……。

「行くぞ、ノア・アクライト」

ガンズの目からは、さっきまでの評価する側という余裕は消えていた。

ガンズは剣を縦に構えると、静かに目を瞑る。

周囲の風が、魔剣に巻き付くように流れ込む。

「ハアアァァア!!」

瞬間、ガンズがその場で振りぬいた魔剣から、竜巻が発生する。

竜巻は床を剥がし、周りの物を巻き込みながら一直線に俺へと突き進む。

激しい風と、鼓膜を突く音。

「見せてもらおう、ノア・アクライト!!　打ち崩してみろ……！」

「なるほど、それがあんたのとっておきか」

俺は竜巻に向かって手をかざす。

向かい風が俺の髪やローブを後方へとはためかせる。

頭上に、巨大な二重魔法陣が浮かび上がる。

「こ……れは……ッ!!」

「――〝サンダーボルト〟」

魔法陣より発せられた三本の雷。

激しい雷鳴を轟かせ、目がくらむほどの閃光を放ちその場にいる全員が顔を逸らし目を瞑る。

竜巻は一瞬にしてかき消され、走る稲妻がガンズを襲う。

「ぐっ……!!　ぬおぉぉおお……！」

地面の焦げ付いた匂いと、立ち昇る大量の煙。

普通の魔術師なら反応もできずに即死レベルの魔術だが……この男なら防ぐだろう。そうでなきゃ困る。仮にもこの俺を評価するというのなら尚更な。

ゆっくりと煙が晴れると、そこには片膝を地面につき、魔剣で身を守るガンズの姿があった。

「バカな、この魔術……ただの受験生じゃない！　こんなの誰も……――いや、確か奴はお前たちとは同じ年頃だった……まさかお前……お前が、〝雷帝――〟」

「おっと、ガンズさん。……今の俺は、ただの平民、ノア・アクライトなんで」

俺はそっと唇に指をあてる。

ガンズは察したのか、短く息を吐く。

「――そうか。それなら納得だ。この俺に膝をつけさせ、シュガールをも正面から押し切るとはな」

ガンズが左手に持つそれは、一見して普通の剣だが、よく見るとその刃の周囲が高速で蠢いているのがわかる。恐らく、風の魔術が高速で発動し続けているのだ。あれはあの剣という小ささにして、それ一つで嵐とでも呼ぶべき剣となっている。

あれで俺の〝サンダーボルト〟を切り裂いたというわけか。普通なら今頃黒焦げで転がってるはずだ。

「まだ見ます？　俺の力」

「…………いや、止めておこう。もう十分君の実力はわかった」

ガンズは魔剣を鞘へと納める。

「仮にも俺は評価する側でね。他の受験生にこれ以上の醜態をさらすわけにはいかないのさ」

「なるほどね」

「この続きはまたいずれどこかで……な。最年少S級冒険者……実力は確か——いや、それ以上か。まさか次は魔術学院とはな。冒険者業は？」

「休止するつもりだよ。この後本部に行って休業届け出してくるつもり」

「まあ、それが良いだろうな。君のことは俺たちS級の中でも噂になっていたよ。とんでもない逸材がいるってね」

ガンズは腕を組み、やれやれと溜息をつく。

「冒険者の道を逸れて魔術学院か、一体どんな目的が——……いや、意図までは聞くまい。冒険者だということが広まるのも何かと不便だろう。その点は黙っておいてやる。仮面をつけて活動していたわけだしな」

「そりゃどうも」

「だがしかし、そうか…………S級の仕事が少し楽になるだろうと期待していたんだがな、こりゃまだまだ忙しそうだ」

そう言ってガンズは乾いた笑いを漏らす。

どうやらS級冒険者というのは忙しいらしい。

人数に対して依頼数が多いのか。S級になると国外での活動も増えると聞く。やはりS級になるとより一層冒険者に専念することになり、それ以外のことには時間が取れなくなるのだろう。

「その口ぶりからして、俺は合格ですか？」

「いや、この場ではそういうことは言えない決まりになっているが……君なら落ちるほうがどうかしているな。担当魔術師が俺じゃなくてもそう言うだろうな。それだけ桁外れさ。さっきは君に失礼なことを言って悪かったね。君の発言も、俺が油断して加減すると逆にこちらが怪我をすると思って忠告してくれたんだろう？」

「……ま、そういうことにしておいてください」

「ははは、そう思わせてもらうよ。君の名が……〝ヴァン〟ではなく、ノアの名が俺の耳に聞こえてくるのを楽しみにしているよ」


こうして俺の試験は終わった。

とりあえずは合格かな。まさかS級冒険者が担当魔術師とは驚いたが……S級と言っても所詮はこの程度か。昼間の爺さんと同等か少し上と言った感じか。ガンズがどれくらいの位置にいるS級なのかにもよるが……まあ試験の場ではないガンズがどれほどかわからないから、一概には言えないが。

「次は……ニーナ・フォン・レイモンド。前へ出ろ」

「は、はい！」

「頑張って来いよ。期待してるぜ」

ニーナは俺のほうを振り返り、ゆっくりと頷く。

さて、お手並み拝見といこう。公爵令嬢の力、見せてもらおうか。

「さあ、いつでもかかってくるといい」

「行きます……！」

ニーナは腰の本を開くと、パラパラパラっと捲りだす。そしてとあるページで止めると、魔法陣が展開される。

あの本……やはり魔本か。

「〝契りは楔、繋ぎ止めるは主従の盟約。血と魔素、八の試練。今、主従の盟約に準じ、我が召喚に応えよ〟……風の精霊――シルフ！」

瞬間、吹き荒れる風と共に、魔本より姿を現したのは、風の精霊シルフ。

手のひらに載るほどの小さいサイズだが、その存在感は圧倒的だ。

『フォオオオオ！！！』

羽をはためかせ、翡翠色に光る身体から風を発生させ続ける。

「ほう、珍しい……召喚術か」

「行くよ、ルーちゃん！」

召喚術……契約したモンスターや精霊を我が物とし、自在に操る魔術。かなり珍しいものだ。契約自体も困難な上に、それを行使するのもなかなか難しいと聞く（とシェーラに教えられた）。

ニーナが召喚したのは、風の精霊シルフ。風魔術を使うガンズにはうってつけの精霊だ。そ

の風の加護でガンズの風魔術を相殺し、ニーナはガンズへと肉薄した。

　なかなかの実力だ。ニーナ自身、召喚術師という特性上接近戦は弱いが、召喚術師は契約したモンスターが強ければ強いほど力が上がる。これからに期待だな。恐らく、ニーナも合格だろう。召喚術師を手放すようなことはしないはずだ。

　そうして俺たちのグループの試験が全て終わり、外に出たころには既に陽は地平線の向こう側へ落ちかけていた。

「ん～～～！　疲れたあ！」

　ニーナはぐーっと背筋を伸ばし、気持ちよさそうに声を上げる。

「お疲れ。召喚術は精神も魔力も使うだろ？」

「ん～まあね。特にルーちゃん――シルフは結構高位の精霊だから、魔力ごっそり持ってかれちゃうんだ。とっておきだったから、試験のために魔力温存してたの。ハル爺から逃げるのに使ってたらきっと召喚失敗してたよ。そういう意味でもノア君に感謝だ、ありがと」

　そう言って、ニーナは笑顔を浮かべる。

「そうか、そりゃよかった」

「それにしても……」

　ニーナはグイと俺に詰め寄る。

「ノア君…………強すぎるよ!!　どうなってるの!?　あのS級冒険者を相手にあそこまで追いつめたのなんてノア君だけだったよ!?」

「はは、他の奴らが不甲斐なかったのさ」

「そうかもしれないけど……正直あのままやってたらノア君が勝ちそうだったような……」

「ま、俺は最強だからさ。そういうこともある」

「何かそのセリフもノア君だったら冗談じゃなくて本気で言ってそうに聞こえてきたよ……」

まあ本気で言ってるんだけどな。

「ガンズさんと何話してたの？」

「……まあ色々とな」

「ふーん……でも良かった、少なくともノア君は合格だろうね」

「だろうな。ニーナもきっと合格だぜ？　あれだけ上手く召喚できる召喚術師は貴重だからな」

「だといいなあ。お姉ちゃんに早く追いつかないといけないし」

「そうか」

姉か……貴族もいろいろ複雑そうだな。俺には関係のない話だが。

「とにかくありがとね。試験が受けられたのはノア君のお陰だよ」

「気にするな。暇だったから手を貸しただけだ」

「はは、そういうところがノア君らしいね。でもさすがにお礼はしないと……どうしよう」

「いらんいらん。別に俺に欲しい物なんてないしな」

するとニーナはぶんぶんと首を横に振る。

「さ、さすがにそれは無理だよ！　恩はちゃんと返さないと、私が納得できないよ」

「律儀だなあ……つってもなあ、金も物もいらないしなあ」

冒険者業でたんまり金は貯まってるし……。

「そうだな、じゃあいつか返してくれ」

「え、そんなふわふわした感じでいいの？」

「あぁ。俺がニーナの助けが必要になったときに、なんかしら返してくれりゃいいよ」

「ええ、そんなお願いされなくても助けるよ！」

「いいじゃねえか。それくらい軽いのでよ」

「うん、とにかくわかった！　なんかあった時は私が一番に駆けつけるよ！」

「はは、よろしく頼むわ」

「よろしくね、ノア君。合格できたら一緒に頑張ろう！」

「あぁ。魔術学院に入学したらよろしくな」

こうして、俺のレグラス魔術学院の入学試験は全て終わった。

俺はニーナとまたの再会を約束して別れ、試験とは別のもう一つの目的を達成するべく、冒険者ギルド本部へと向かった。

◇　◇　◇

王都ラダムス、南西部。

レグラス魔術学院とは丁度真反対に位置する場所にある巨大な建物。冒険者ギルドの総本山、冒険者ギルド本部。

国内各地区にある冒険者ギルドの支部、その全てを統括している。S級冒険者は全員冒険者ギルド本部の所属となる。

「おい……あの仮面……」

「〝雷帝〟……！」

「初めて見るな、どうせ最年少の色眼鏡だろ？」

「以前おれは奴の戦闘現場を目撃したが、ありゃあS級どころじゃねえぞ」

口々に噂する声が聞こえてくる。

内容は俺の実力を好意的に捉えているものから、逆に懐疑的なものまで様々だ。

冒険者本部でもローウッド支部と反応はさほど変わらないな……。

ただ支部よりも情報は広まっているようで、俺のこの姿を見ただけですぐに〝雷帝〟だとわかった者が殆どのようだ。

「ふん、ローウッドの〝雷帝〟か……。随分な人気じゃあないか」

「……誰だ？」

声を掛けてきたのは、手に金銭の入った袋を持った、大剣を抱えた黒髪の男だ。

片方の目が前髪で隠れ、その顔はどこか自信に溢れている。

「あらら、俺のことは知らないっと……。俺はキース。巷では〝竜殺し〟って呼ばれてる。お前さんの〝雷帝〟みたいにな」

「ほう……ということは、あんたもS級か」

「おいおい、〝竜殺し〟を知らないとかマジか!?」

キースは名を告げてもなお俺が知らなかったことに驚愕したのか、大げさに身体を仰け反らせてみせる。

「悪いな……。だが、〝竜殺し〟、覚えておく」

キースは肩をすくめる。

「なあに、別にいいさ。お前さんみたいに最年少とか最速とか、そういう箔が付いてるわけじゃねえからな。知らなくても無理はない」

「……そうか。すまん」

「おいおい、謝るなよ……なんだかこっちが小物みたいじゃねえか。俺はお前さんが最年少だろうが最強の魔術師だろうが、〝最強のS級冒険者〟の座を譲る気はねえぜ?」

「お、おい……キースとヴァンが話してるぞ!」

「S級のキース!? おいおい、とんだ大物が出てきたな。キースも〝雷帝〟に一目置いているのか!?」

どうやらキースもかなりの有名人のようだ。

ニーナにでも聞いたら知ってると即答しそうだな。……まあこいつは魔術師ではなさそうだが……。

「まあなんだ、ここにいるってことはお前さんも本格的に王都に腰を据えてＳＳ級を目指すんだろ？　悪いが、先にＳＳ級に上がるのは俺だぜ？　――ま、切磋琢磨できる仲間が増えたのは素直に喜ばしい。これからよろしくな」

そう言ってキースは俺に右手を差し出す。これは、そういうことか。

「……よろしく、と言いたいところだが」

「なんだ、あくまで一匹狼ってか？　お前さんの主義を否定するつもりはサラサラないが、握手くらい良いだろ？　何があるかわからないのが冒険者業界の常だ。普段はソロでも、仲間がいることに損はない」

「いや、そうじゃなくてな……俺はＳＳ級を目指すために本部に来たわけじゃなくてだな」

「？」

「――冒険者業の休業申請に来たんだ」

「は…………はああああ!?」

キースはがっくりと肩を落とし、呆れた様子でギルド本部を後にした。

どうやら俺のＳ級参戦をかなり楽しみにしていたらしい。悪いことをしたが、まあ仕方がない。

「ヴァン様、こちらです」

「あぁ」

俺は受付嬢に案内され、ギルド本部の奥にある豪華な一室に通される。

奥の机には、金髪の美しい女性が座りこちらを見つめていた。

冒険者ギルド、ギルド長――コーディリア・シュバリオ。

「お前が〝雷帝〟か」

「あぁ」

「まったく、うちからの誘いを蹴り続ける冒険者なんて前代未聞だぞ。ようやくS級になって王都に来たと思えば――」

コーディリアは俺が先ほど提出した紙切れをヒラヒラと机に落とす。

「冒険者業の休業申請……まったく、バカにしてるのかね？」

「そんなつもりはない。他にやることができた。何も永久的な休業じゃない」

「はあ……。現在我が国所属のS級冒険者は八名。SS級冒険者は二名……決して多いわけじゃない。君の実績は聞いている。レッドドラゴン単独討伐、レイシ村の単独防衛、変異体ゴブリンの群れの掃討、ランカの森のアラクネの討伐、エトセトラ……数えきれないほどの偉業の数々だ。本音を言えば、君を今休業という形で手放すのは非常に心苦しい」

そう言って、コーディリアは深くため息をつく。

よほど俺の力を当てにしていたと見える。

「……実を言えば既に君を指名していた貴族は沢山いる。富豪や名家なんかもな。もちろんA級だったから規則にのっとり断ってはいたが、S級になったと聞きつけて大量の依頼が舞い込んでいる」

「それは申し訳ない。すぐ休業申請すればよかったんだが、いろいろと野暮用があって遅くなった。彼らの依頼は丁重にお断りしてくれ」

「君は本当怯まないな。相手がギルド本部長とわかっていても自分を貫けるとは、大した器だ」

「そういう性分でな」

コーディリアは髪をかき上げ、ゆっくりと腕を組む。

「議論の余地は？」

「ない」

「――……ふぅ。君を説得するというのは大分骨が折れそうだな。まあいい。無期限じゃないとわかっただけでも収穫だ。休業申請、受理しておこう。ただ、もし危機的な何かがあれば力を借りるかもしれない。それは承知しておいてくれるか？」

「……わかった。余程緊急の要請があれば、招集に応じる――かもしれないということは明言しておく」

「やれやれ……了解した。君がどこへ寄り道するかは知らないが、できるだけ早く戻ってくることを期待しているよ」

無事休業申請を終え、俺はギルド本部を後にする。これで俺は今日から冒険者ではなくなる。

長い間この姿でクエストをこなしてきた。しばらくはこの格好をしないと思うと不思議な気分だな。

　俺はギルド本部から近い路地に入ると、人気のない場所で仮面を外す。傷や汚れの付いた仮面を見つめ、少し感慨深くなる。

「ふぅ……長い間ご苦労だったな。俺が復帰するまで待っていてくれ。またつける日が来るだろう――」

　とその時、背後に人がつけてきているのを感じ、俺は仮面を再度装着する。

「……何者だ？」

「！　あ、えっと……ヴァ、ヴァン様……！」

「なんだお前は？」

「は、はい！　あの、えっと……」

　振り返ると、そこに立っていたのは一人の少女だった。

　肩ほどの長さで、サイドに三つ編みで編み込まれた綺麗な金髪。少し小柄だが、身体の成長は著しい。

　歳は俺と同じくらいか。蒼い瞳が、キラキラと輝いてこちらを見つめている。

「わ、私、クラリス・ラザフォードと言います……！　A級冒険者です！」

　同い年くらいでA級……なかなかの逸材だな。

　俺がS級になったタイミングでA級になったか？

「A級冒険者が何の用だ？　路地まで俺を付けてくるとは」

「す、すいません！　誤解です！　えっとその……私は……ヴァン様のファンです！！！」

クラリスはぎゅっと目を瞑り、勢いよくそう言い切る。

「ファン……？」

「はい……！　ヴァン様は私の憧れです！」

「そ、そうか」

「あの、握手してもらっても……」

「あぁ」

俺はさっと手を出し、クラリスと握手をする。

クラリスは恍惚とした表情でしっかりと握手を味わい、幸せそうな笑顔を浮かべる。

「も、もういいか……？」

「あ、は、はい！　えっと、ありがとうございます……！　本部で見かけて、もう会えないかもと思って追いかけて来ちゃいました」

「もう会えない？」

どういうことだ？

俺が休業申請をするということはキースと本部長にしか話してないはずだが……。

「はい……。私、ちょっと伸び悩んでまして……この度魔術学院で学びなおそうかと……」

まさか……。

「レグラス魔術学院？」

「はい。一日も早くヴァン様に追いつきたくて……！　肩を並べたくて！　少しでも学院で学べば追いつけるかもって！　冒険者でこれ以上の成長は見込めませんでしたから」

「…………」

「あ、ヴァン様には魔術学院なんて下らないと思うかもしれないですけど……」

「そんなことはないが」

「やっぱりいい人ですね。本当に尊敬してます……!!　あの、また次会えたら……そ、その……ハ、ハグを……」

「…………」

「あ、や、やっぱいいです!!」

クラリスは顔を真っ赤にしてあせあせとテンパりだす。

何だ一体……完全な崇拝者だな……。そんな活動をしてきたつもりはないが……。

「とにかく、会えて良かったです」

「あぁ。それなら良かった」

「はい！　それでは私はこれで……ずっと応援してますから!!」

そう言ってクラリスは走って去って行った。

彼女も魔術学院を受験したのか……A級ということは落ちてることは考えにくいな。……面倒なことにならないといいが。

第二章　レグラス魔術学院

「準備はどう？　ノア」

「まあ……」

俺は黒いパンツに白いシャツ、それに青いリボンタイを装着する。普段気慣れないカチっとした服装。その上から金色のラインの入った黒いローブを羽織る。ローブはかなり高品質なようで、柔らかくて軽く、それでいて頑丈そうだ。着心地は悪くない。

シェーラは俺のリボンタイを軽く直し、ローブの埃をポンポンと払うと、うんうんと頷く。

「似合ってるわよ」

「そうか？　制服ってのは少し堅苦しいな……」

「いいじゃない、数年の辛抱よ。期待してるわよ」

そう言ってシェーラはニッコリと笑う。

魔女の微笑み……そんな言葉がしっくりくる顔だ。

「わかってるよ。ま、任せておけよ。期待通りの結果を出してきてやるさ」

「さすが私のノア。ローウッドの端から応援しているわ」

受験から半年後――。

俺は当然の如くレグラス魔術学院への入学を決めた。正直、冒険者業を休業しての半年間は本当に暇だった。特にすることもなく、シェーラとのんびりと森で過ごす日々。お陰で逆にレグラスへの入学が待ち遠しくなるほどだった。だがそれも今日まで。俺は今日からレグラス魔術学院生となるのだ。一体どんな魔術師がいるのか……シェーラの期待しているほどの対人経験が積めるのかは疑問だが、受かったからには全力で。

それに、またニーナと会うのも楽しみだ。親の説得が上手くいってるといいが。

「寂しくなるわね。レグラスは寮制だから」

「そうだな。たまには王都に来てもいいぞ」

「遠慮しておくわ。私、王都は嫌いだから」

「まだ嫌いだったのか」

シェーラはコクリと頷く。

「ま、たまには帰ってらっしゃい。待ってるわ」

「あぁ、気が向いたらな」

「照れちゃって、よしよし」

と、シェーラは俺の頭をワシワシと撫でる。

「……よせよ」

「いいじゃない、しばらく触れないんだから」

「つたく……。――それじゃあ行ってくる」

「行ってらっしゃい、ノア」

——王都ラダムス、レグラス魔術学院。

入試の時に説明を聞いた大講堂に、総勢九十名の新入生が並ぶ。後ろの座席には、更に多くの上級生たちがどんな新人がいるのかと目を光らせ俺たちを見下ろしている。

新入生の列の前方には、赤い髪をした少女の姿。そしてその左のほうには、背の低い金髪の少女の頭が左右に揺れている。どうやらニーナとクラリスは共に合格しているようだ。それに……。

俺は右のほうに目をやる。そこには、金髪の少年……ルーファウスだ。

口だけではなく、一応合格できるだけの実力はあったようだ。

と、不意に肩にポンっと手の感触を感じる。

「よっ！　あんた、名前は!?」

そう隣の男が俺に声を掛ける。紺色の髪をしており、長い後ろ髪を一本で束ねている。

少しだけ俺より背の高い男だ。

「……ノア・アクライトだ」

「ノア！　いい名前だねえ。俺はアーサー・エリオットだ、よろしくな」

「あぁ、よろしく」

「いやあ、俺あんまり知り合いいなくてよ、心配だったんだが……あんたも——ノアも一人みたいだったから声かけちまったよ」

「貴族の知り合いはいないのか？」

「いやあ、俺は貴族じゃなくて魔術の名家ってだけだ。ま、それも名家だったのは遠い過去だけどな。今や没落した名家ってわけ」

そう自虐的に言い、アーサーは笑う。

「そのわりに、この学院に合格できてるじゃねえか。お前自身はエリートには違いないんだろ？」

「へへ、まあな。俺は一族の名をもう一度有名にしてえのよ。そのための足掛かりだな、この学院は」

「そういうもんか……別に一族とか考えたこともないな」

「ノアは名家——じゃねえな。アクライト家なんて聞いたことねえや。貴族か？」

「いや、俺は平民だ」

「平民!?」

アーサーは思った以上に大声を出してしまったようで、慌てて口を押さえる。

「まじか……」

「どうした？　お前もその口——」

またか、ルーファウスと同じタイプの人種。

――かと思ったら、アーサーは興奮した様子で目を輝かせ、俺の肩にバンっと手を乗せる。

「すげえよ！　平民なのに受かっちまうとか……どんだけすげえんだよ！」

な、なんだこいつ……。

「随分な熱の入りようだな……平民が珍しいのか？」

「そりゃもちろん、平民で魔術を使えるってだけでも珍しいが……まさかレグラス魔術学院に受かるなんてそうそういねえぜ!?　名家・貴族に生まれて、生まれてからずっと魔術を学んでても合格できない奴が殆どだってのに……」

「ま、俺は天才だからな」

「ひゅ～言うねえ！　いいねえ、俺はノアみたいな奴好きだぜ。それに、俺たちは似てる！」

「似てる？」

アーサーは頷く。

「没落した名家を復興させたい、言わば名家底辺の俺。そして、平民出なのに強者蔓延る魔術学院に乗り込んだお前。下克上って構図は一緒だろ？」

「まあ……外から見ればそうかもしれねえけど」

「つまり俺たちは志を同じくした同胞だ！　俺たちでこの学院のトップを目指そう！　よろしく頼む！」

そう言ってアーサーは俺に笑顔で握手を求める。アーサーの濃い青い瞳がキラキラと輝いている。

何かすげー熱い奴だな……。まあトップを目指すことは既定路線だし、変に向上心のない奴と知り合いになるよりはましか。

俺はアーサーの手を握り返す。

「あぁ、よろしくな」

「へへ、いいね。同じクラスになれるといいな」

「そうだな」

「おっと、始まるぞノア」

壇上に、左から一人の白髪の男が歩いてくる。

歳を思わせないしっかりとした足取り。鋭い目つきはまるで歴戦の猛者のようだ。

瞬間、さっきまでざわざわとしていた大講堂が、水を打ったように静まり返る。男は中央で立ち止まると、ゆっくりと口を開く。

「——おめでとう、諸君」

そう言いながら、男はパチパチと手を叩く。

「私はユガ・オースタイン。レグラス魔術学院の学院長だ」

こいつが、学院長……。

レグラスの学院長は有名だ。六賢者の一人で、魔術師で知らない者はいない。彼の存在が、レグラス魔術学院の評価を高めていると言っても過言ではない。それを知ってか、周りのユガ・オースタインを見る目も真剣だ。

「我がレグラス魔術学院は至高の魔術師育成機関だ。その教育方針は徹底した実力主義……。いかに戦いの中で魔術を活かすか、その点のみに特化している。そのため、入試は実技のみ……魔術の実力が既に一定以上備わっている者だけに門戸が開かれた選ばれし者だけの学院だ」

ユガ学院長は俺たちの顔を見回し、続ける。

「そのために様々なカリキュラムを用意している。新入生による歓迎祭、学院全体での戦い、さらには他校との交流試合。これは我が校の選抜メンバーで挑む戦いだ。無論負けることは許されん。……他にもある。諸君はこの学院に入学しある程度経験を積んだ時点で、B級相当の冒険者と同等の権利を持つことができる。もっとも、個としての評価ではなく、あくまで複数人でのパーティと教師陣によるサポートを前提とした特別措置だが……それにより、授業の一環として実戦形式での訓練も積むことも出来る。そのための事前演習としてリムバでのモンスター討伐演習なんてものもある。我が校は、魔術を戦闘技術として扱うカリキュラムがとにかく多い。それもこれも、諸君を立派な魔術師として独り立ちさせるためのものだ」

完全に実践的な戦闘魔術に特化したカリキュラムか。

貴族・名家が多いだけはある。基礎は完璧な連中が揃っているというわけか。

シェーラの言った通り、対人経験を積むのには持ってこいの環境のようだな。

「……――この学院に入学したからには、その重みと栄誉をしっかりと受け止め、相応の行動と活躍を期待している。我が校の生徒として無様な恰好だけは晒すな。以上だ。ようこそ、レグラス魔術学院へ」

言い終わると、雨のような拍手が起こり、ユガ学院長は壇上を後にする。

学院長の言葉を聞き、周りの新入生たちはより一層気を引き締めたようだ。ようは魔術師として活躍しろってことだろ？　そりゃ俺がシェーラから課された課題と一緒だ。

期待に応えるとしますか。

そうして、入学式はしばらく続いた。

◇　◇　◇

「いやあ、いきなり熱くなること言ってくれるねえ、学院長は！」

「そうだな。あれで一気にやる気が出た奴が多そうだ」

「だよなあ。くう、俺も絶対在学中に伝説を残してみせる！」

「俺を倒せば後々伝説になれるぞ」

「ハハ、おもしれえこと言うな！　……冗談で言ってるんだよな？」

「さあな」

「ノア君！」

そう声を掛けてきたのは、赤髪を上下にフワッと揺らしながら走り寄ってくる少女。ニーナ・フォン・レイモンドだ。

俺たちと同じく、白シャツに青いリボンタイを装着し、金のラインの入った黒いローブを羽織っている。一つ違うところがあるとすれば、下がパンツではなくスカートだというところくらいか。

「おう、ニーナ。やっぱり受かってたな」

「うん、お陰様で！　それもこれもノア君のおかげだよ」

「爺さんに関してはそうだが、受かったのはニーナの力だろ。親は説得できたみたいだな」

「うん。まあちょっと半ば強引って感じだったけど……無断ではないよ！」

いいんだか悪いんだか……まあここにいるってことはそれほど心配もいらないんだろうが。

「ハル爺もノア君によろしくって」

「あの爺さんが？」

「うん。きっとあの小僧も受かっているはずだー、って言ってたよ」

「へえ。気絶させたの根に持ってなかったのか」

「あはは、ハル爺はそんな器小さくないよ。普段はすごい優しいんだから」

「そうか――って、おい何でそんな唖然とした表情してるんだアーサー」

アーサーは何が起こっているのかわからんといった様子で、わなわなと震えている。

「いやいやいや……おかしいでしょ……」

「どうした？」

アーサーは俺の肩に腕を回し、強引に引っ張りこむと小声で俺に語り掛ける。

「おいおいおい、どうなってんだよ!?」

「どうなってるって……何がだよ」

「ニーナ・フォン・レイモンドって……公爵家のご令嬢じゃねえかよ!!」

「そうだが……」

「そうだが……じゃないんだけど!? どんな接点だよ!? 何があったらあんな貴族オブ貴族がお前と親し気に話すんだよ!?」

興奮気味のアーサー。そうか、まあこれが普通の反応か……腐っても公爵家、しかも俺平民だしな。

「入試の時一緒だったんだよ。いろいろ手助けした」

「手助けって……」

「まあ友達だ、別にへりくだる必要ねえぜ？」

「と言ってもなあ……」

アーサーはチラッとニーナのほうを見る。

ニーナはきょとんとした顔で俺たちのほうを見ている。

「俺、失礼なことして殺されねえかな……」

「お前の公爵のイメージどうなってんだよ……と言いたいところだが、実際ありそうだな」

「えぇ!?」

「冗談だよ……。安心しろ、ニーナはそういうタイプじゃねえ。どうせこれから一緒に学ぶんだ、仲良くなっとけよ」

「……確かに。俺らしくなかったな」

そう言ってアーサーはくるっと振り返る。

「ニーナ、こいつはアーサー。さっき知り合った」

「お、俺はアーサー・エリオット。ノアの友達ってんなら俺の友達です。よろしくお願い……します！」

「ノア君の……！　もちろん、ノア君の友達なら大歓迎だよ。私はニーナ・フォン・レイモンド、よろしくね」

「もちろん存じてますよ！　レイモンド家の召喚術は有名ですし、何より公爵家を知らない奴はこの国のモグリですよ！」

「……アーサー、俺は知らなかったぞ。俺はモグリか？」

「あー……すまん、大抵知ってるもんだと……」

まあ俺はともかく、普通はこの国の人間が知っているのは当然か。公爵なんてそんないるもんじゃねえしな。それに、アーサーみたいな魔術の名家なら関わりがあってもおかしくはない。

「あはは、面白そうな人だね。アーサー君、私には敬語使わなくていいよ？」

「えぇ!?　でもさすがに……」

「同級生なんだからさ。それに、私そういうの気にしないで接してくれたほうが嬉しいな」

ニーナは笑ってそう言う。

「……そう、だな！　俺が間違ってた！　よろしくな、ニーナちゃん」

「ちゃんて……またえらい距離の詰めかただな」

「俺は女の子はちゃんを付けて呼ぶと決めてんだよ！　やるなら徹底的に！　ちゃんと一人の同級生の女の子として接するぜ」

「いいね、ちょっと恥ずかしいけど……頑張って慣れる！」

「いいならいいけどよ……」

「おいおい、楽しそうだな、平民」

そう声を掛けてきたのは、貴族の中の貴族……ルーファウス・アンデスタだった。

「――これはこれは、ルーファウス殿。さすが、アンデスタ家次男なだけあって余裕の合格ですか」

「……虫唾が走る言い方はよせ、平民。貴様にへりくだる気などないだろうが」

「バレてたか。いやー、でもさすがだと思ったのは事実だぜ？　まさか受かるとは思ってなかったからよ。口だけじゃないのは褒めてやるぜ」

「フン、これほど嬉しくもなんともない賛辞は初めてだよ、平民」

ルーファウスは、苛立ちを抑えるようにそう吐き捨てる。

「だが、平民のゴミが合格とは……余程貴様を担当した魔術師は理想家の無能のようだ。この実力主義の社会で、せめて底辺のゴミでも夢を見させるために一人は平民を取らないと、とでも思ったんだろう。でなければ、あらゆる面で秀でている我ら貴族を差し置いて、貴様のような平民が合格するなどあるわけがない」

「ちょ、ちょっとルーファウスさん！　そんなわけないでしょ！　ノア君の試験を見てもいないくせにそんな言いがかり……！」

「そうだぜ！　天下のレグラス魔術学院がそんな下らないことするわけないだろうが！」

「証人ならいますよ、ニーナ様。同じ訓練場で試験を受けていたリュード伯爵家の長男エルクさんがね」

リュード伯爵家……確か試験の時に炎魔術が凄いだか何だかってニーナが説明していた男か。

「言っていましたよ。ろくな魔術も使えず、多少の雷魔術を行使できるだけ。見かねた担当魔術師がわざと大げさにダメージを負った演技をしていたってね。何やら会話していたし、明らかにあれは贔屓だったたってね。そのせいで席が埋まり自分が落ちる羽目になったと言っていましたよ。実に嘆かわしい」

ルーファウスは大げさに悲しんでみせる。

「そんな出鱈目……！　私たちの担当魔術師はあのＳ級冒険者のガンズさんよ!?　そんなことするわけないでしょ！　何より私が一緒に受けてたんです、そんなわけがありません、あれは正当な試験でした！」

「いやあ、わかりませんよニーナ様。ガンズ・タイラーは元々平民の出！　養子として引き取られたから貴族になっただけの男です。同じ平民出身を贔屓していてもなんら不思議じゃあないですよ。それにあなたはこんな平民に肩入れしている……あなたよりも、客観的に見ていたエルクさんのほうが信憑性があるというものです」

そう言ってルーファウスは不敵に笑う。

なるほど……ガンズは元平民なのか。それで俺にご高説を説いてくださったわけか。自分の経験があった訳ね。

「心底どうでもいいぜ、ルーファウス」

「……何？」

「俺はこの学院に受かっていて、その何とかっていう貴族は落ちてた……それだけだ。お前が贔屓だと思うが思うまいが、もう関係ないんだよ。そんな下らないこと考えてる暇があったら魔術の訓練でもするんだな」

「ほう……所詮平民のゴミ、プライドもないというわけか」

「そんな下らないことに使うプライドは持ってなくてね。誰が強いかは明日からの授業でわかるんだ、口ではなく魔術で示すさ」

俺の言葉が余計に癇に障ったのか、ルーファウスは苦虫を潰したような表情を浮かべる。

「ただの平民が……一丁前に魔術を語るな……！　——授業を待つまでもない、今夜だ。今夜俺と勝負しろ、平民」

「はあ!?　ちょっと待てよ、私闘はご法度だろ!?　さすがのレグラス魔術学院でもそれは許さねえと思うぞ!?」

そうアーサーが声を上げる。

「うるさい。俺が勝ったら大人しく自主退学しろ、ノア・アクライト。ここは貴様のいる場所じゃない」

「そんな約束……！　何をそんなにノア君を目の敵にしてるんですか、ルーファウスさんは！」

「俺はなあ、何の能力もない癖に自分は一人前って面してる奴が大嫌いなんだよ……！　特に平民は虫唾が走る！　俺たち貴族が作り上げてきた社会に生かされている分際で調子にのりやがって……その上レグラス魔術学院に入学だ!?　しかも不正行為付きだ！　そんなものこの俺様が認めん！」

「おいおい、親の威光を借りて威張ってるだけの分際で言うじゃねえか。お前こそ自分一人で何かしたことあるのかよ」

「知った風なことを！　どうする!?　今夜俺に再起不能にされるか、それとも逃げるか！」

正直こんなくだらない争いは面倒だから放っておきたいんだが……。こいつ、一度わからせておかないと後々面倒臭そうだからなあ。ニーナも知り合いだから何かと気を使いそうだし……。遺恨を残さないためにも、早めにわからせておくってのも悪くない。これから卒業まで付きまとわれるのも面倒だしな。

「……わかったよ、今夜な」

「ちょ、ちょっとノア君!?」

「おい正気か、ノア!?」

二人が慌てた様子で声を荒げる。

「ほう、逃げないのか」

「どうせ勝つ試合だ、逃げる意味もない」

「……相変わらず口だけは達者だな、平民。力の差ってものを見せてやる。今夜貴様の数々の無礼を詫びさせてやる。地面に這いつくばり、靴を舐め、床に額をすり付けて俺が許しを与えるまでこき使ってやる」

「趣味悪いなあ、俺だったら他人に靴を舐められるとか死んでも嫌だけどな。変態か？」

「………絶対殺す。今夜だ、訓練場に来い。逃げるなよ、平民！」

「俺が勝ったらとりあえずノア様とでも呼んでもらうか」

「はっ、精々有り得ない妄想でもしていろ」

そう言ってルーファウスは目を血走らせ、俺たちのもとを去って行った。

面倒くさいことになったが……早速対人戦を経験できるのは悪くない。

さすがにガンズより上ということはないだろうが、数をこなすのは大事なことだ。恐らく授業じゃかなり魔術の加減を要求されるはず……非公式だからこそできることもある。

「おいおい、いいのかよノア。入学早々問題だぜ？」

「そうだよノア君。あんな誘いに乗らなくても……」

「大丈夫だろ。あいつだって入学をふいにしたくねえはずだ。負けたとしても決闘したなんて騒がねえだろ」

「そうかも知れねえけどよ……お前、本当に勝てるのか？　何だかんだ言ってアンデスタ家ってのは貴族の上に魔術の名家だぜ？　さすがにノアでもまだ……」

アーサーは不安そうに俺を見る。

「任せておけよ。俺が負けるなんて有り得ねえからよ」

「まあ、お前がそう言うなら俺はこれ以上止めねえけどよ……確かにあの野郎の言葉は許せねえ、平民をバカにしたあの態度は俺もムカついたしな」

「どっちかというと試験の時からルーファウスさんはノア君を目の敵にしてたからね……。ノア君が負けることはないだろうけど……」

「ノアに対して凄い信頼だな……」

「私はノア君の強さをこの目で見てるからね。アーサー君もきっとびっくりするよ」

「ニーナちゃんがそこまで言うとは……そりゃ少し楽しみだな。俺は嫌だぜ、入学早々ノアが自主退学とか」

そう言ってアーサーは肩を竦める。

知り合ったばかりの俺をここまで心配してくれるとは……なかなかいい奴かもしれん、アーサーは。

「ま、全部今夜わかることだ。とりあえずクラス分けでも見てこようぜ」

校舎の正面入口付近に設置された巨大掲示板。

掲示板にはいろいろな勧誘のチラシが貼られているようで、紙で溢れかえっている。その中央にでかでかとクラス分けの書かれた表が貼られていた。

AからCまでの三クラスがあり、これから三年間はこのクラスの連中と関わることが最も多くなるのだろう。

俺たちはそれを覗き込み、自分たちの名前を探す。

「えーっと……──お、全員Aクラスか」

「おお！　もしかしたら別クラスかもって心配だったけど……良かったぜ～」

「良かった！　これからよろしくね、ノア君！」

「あぁ。よろしくな」

俺にとっちゃクラスはどうでも良かったが、まあ知っている奴がいるのは悪くはないな。

それ以外の生徒の名前ももちろん書かれているが、誰が誰だかわからない。──が、二つだけ知っている名前を見つける。同じAクラスに、クラリス・ラザフォード。そして、隣Bクラスに平民大嫌いルーファウス・アンデスタの名前があった。

「ルーファウスさんはBクラスね……」

「あいつは別のクラスか。まあこれで良かったかもな」

「そうだな。あいつを倒した後にずっと様を付けて呼ばれるのも気持ち悪いしな」

「本気で言ってたのかその要求……」

「ま、半分は冗談だけどよ。ただ……少しはわからせておかないとよ。相手は選んだほうがいいってな」

「…………」

俺のその発言に、アーサーが僅かに息を飲むのを感じる。

「――冗談だって。ま、夜になればわかるさ。明日にはあいつも大人しくなってる」

「だといいけどな……」

◇　◇　◇

初日は入学式だけで、生徒たちはそれぞれ自由時間となっていた。

レグラス魔術学院は敷地内に寮を持っており、完全寮制となっている。校舎の裏手のほうにある背の高い建物がそれであり、中は男子寮と女子寮に分かれている。俺たちは別れ、自分たちの部屋を整理するためにそれぞれの部屋へと戻った。

全校生徒約二百七十人が住めるだけあって、寮はかなり大きい。上の階が上級生で、下のほうが下級生となっている。

大きいには大きい――が、それでも全員に一部屋ずつ……というわけにはいかないらしく、部屋は相部屋となっていた。

「あ、君がルームメイトかな？」

部屋に入ると、既に先客がいたようでそう声を掛けられる。

「あーっと、お前は……」

「僕はリック・デルソン。よろしくね」

そう言うと、その少年は俺に握手を求めてくる。

茶色い髪に、長い前髪。背丈は俺と同じくらいだが、わずかに猫背で俺より少し低く感じる。

「あぁ、ルームメイトか。俺はノア・アクライト。これからよろしくな」

俺は求められた手を握り返す。

「こちらこそ！　ああよかった。もし不良みたいな人が同じ部屋だったらどうしようかと……」

「はは、でもまだ俺が不良じゃないかどうかわからねえぜ？」

「そ、そうだけど。少なくとも挨拶してくれたし握手もしてくれたんだから僕は心配してないよ」

そう言ってリックはハハっと笑う。

「そうか。まあこれから長い付き合いになるしな。お互い快適に過ごそうぜ」

そう喋りながらも、俺はいそいそとローウッドから持ってきた荷物を片していく。

「そうだね。えーっと、君は何クラス？」

「俺はAクラスだ」

「なんだ、じゃあクラスは違うみたいだね。――あーでも、そのほうがいいかもしれないね。他のクラスに友達が出来るなんて嬉しいよ」

「はは、本当まじめって感じだな」

「そ、そうかな……」

　リックは少し苦笑いをし、頬を掻く。

「褒めてるんだよ。──うし、片づけ終わりっと」

「早いね」

「あんまり荷物がないからな。……って、リックのほうは本やら何やら荷物が多いな」

「あぁ、僕読書が趣味でさ。あれもこれもって持ってきたらこんなことに……」

　そう言いながら、リックは困り顔で本を棚に次々と詰めていく。

「へえ。俺も結構読書は好きだぜ」

「本当？　共通の趣味があって嬉しいよ」

「はは、大げさだな。ま、片付け頑張れよ。俺はちょっと寮を散策してくるわ」

「うん、いってらっしゃい」

　そうして俺は片付けを続けるルームメイトのリックと別れると、寮を軽く散策して時間を潰した。


　──そして、夜。俺は訓練場に足を運ぶ。

　まさか授業が始まる前に、先に訓練場を訪れることになるとはな。

　訓練場はぼんやりと灯りが付いており、既に中には誰かいるようだった。恐らくルーファウスだろう。準備の良いことだ。

「ノア君」

「ノア！」

呼ばれ振り返ると、そこにはアーサーとニーナの二人が立っていた。

「お前ら……わざわざ来たのか」

「そりゃもちろん！　ノア君が勝つとはわかってても、心配でさすがに寝れないよ……」

「俺もまあ心配だったんだが……むしろ逆さ。もし本当にニーナちゃんの言う通りノアの力があのアンデスタ侯爵家の坊ちゃんを上回るっていうなら、見逃す手はないってな」

「……そうか。まあいいんじゃねえか？　ルーファウスの奴はどうせ圧勝する気でいるんだ、オーディエンスは歓迎だろ」

「そうかもな。ノア、スカっとするのを一発ブチかましてやれ！」

そう言ってアーサーはシュッシュっと拳を前に突き出す。

「そうだな。ブチかましますか」


「やっと来たか、平民。――っと、それに名も知らぬ男とニーナ様まで。言ってくれたらお迎えに上がりましたのに」

そう言ってルーファウスは不敵な笑みを浮かべお辞儀をしてみせる。

「ルーファウスさん……私はこんな余計な戦いはする必要ないと思っています。今からでも遅くありません、平民を毛嫌うのは止めて、歩み寄れませんか……？」

「何をおっしゃいますやら、公爵家ともあろうお方が！　ええ、ええ、それはもちろん。歩み寄れるものなら寄りたいです――が、そこの平民は貴族であるこの俺を侮辱し、試験では不正行為！　何の力もないくせに平民という弱者の地位を利用する浅ましさ!!　そんな下等な存在に慈悲は無用です」

「ノア君はそんな人じゃないと――」

「おやおや……どうやらニーナ様はそこの平民のクズに洗脳されておいでのようだ……。ここは、貴族として――いや、この国をこれから支えていく存在として、私がお救いしなくては。やはりこのゴミは不要な存在。……安心してください。我が一族の名に懸けて、今夜そこの平民を学外に追放してみせます」

そう言って、ルーファウスは訓練場の中央に立ち、こちらを見据える。

少し悲しそうな顔をしたニーナが俺を振り返る。

「……やっぱり戦わなきゃ駄目みたい」

「しょうがねえさ。ああいう凝り固まった思想を持った貴族は大勢見てきた。今更驚きはしねえよ。ま、ニーナみたいな変わり者もいるのはおもしれえところだけどな」

「わ、私はそんな変わり者じゃないと思うけど……」

「――とにかくだ。言ってわからないなら力でわからせるしかねえ。向こうから戦いを望んでるんだ、渡りに船ってやつさ」

するとニーナは嘆くように短くため息をつく。

「しょうがないね。ノア君を侮辱したのは私も許せないし。それに……」

ニーナは少し溜め、言葉を続ける。

「私、平民だろうと貴族だろうと、関係ないと思う。ノア君みたいに平民でもすごい人は沢山いるし、実際ノア君には助けてもらったし。だから、平民だからって侮ったり、侮辱するのは違うと思うの。それはきっとルーファウスさんも話せば分かってくれると思ってたけど……。ノア君、ルーファウスさんのためにも、ノア君の凄さ見せてあげて……！」

「あぁ、任せておけよ」

まったく、ニーナもだいぶお人好しだな。

俺はルーファウスのほうへと歩いていく。もちろん、勝つ自信はある。だが、戦いとは何が起こるかわからないものだ。油断はしない。相手を甘く見て足元を掬われるのは強者のすることではない。そうシェーラに教え込まれてきた。それは恐らく対モンスターだけではなく、対魔術師でも同じことのはずだ。しっかりと相手の出方と実力を見極め、俺の実力を見せつける。

それだけだ。

「いいのか、平民」

「何がだ」

「お前がニーナ様の前でカッコつけていられるのも今の瞬間が最後だぞ。これから貴様の化けの皮が剥がれるんだ。数秒後にはひっくり返って天井を見上げているぞ？　そんな無様な姿をさらす心の準備がいいのか？　と聞いたんだ」

そう言い、ルーファウスは不敵な笑みを漏らす。

「なんだそんなことか。別にいいぜ、どちらが勝つかは、戦えばわかる」

「はっ、平民の分際で相変わらずその虚勢を張れることだけは褒めてやる。詐欺師にでもなったら活躍できたかもな」

「言うねえ。……さあ、さっさとやろうぜ？　まさか、負けるのが怖くて戦いを始めるのを引き延ばしてるわけじゃねえよな？」

その言葉に、ルーファウスは一瞬にして険しい表情を浮かべる。

ピクピクと鼻をひくつかせ、眉間に皺を寄せる。

「何度も何度も平民の分際でこの俺様を侮辱しやがって……！　お望み通り今すぐに貴様を再起不能にしてやる!!　二度と魔術を使うのが躊躇われるほどに、その身体に恐怖を刻み込んでくれるわ！」

「前口上はもういいんだよ、ルーファウス。お前が俺と違って一人前ってところを見せてくれよ」

「さっさと死にたいらしいな……！　いいだろう。このコインが地面に付いた瞬間が、戦いの始まりだ。行くぞ!!」

そう言ってルーファウスはコインを指ではじき、空中に飛ばす。

コインはクルクルと回り、宙を漂い、山なりの軌道を描いてゆっくりと下降する。

——そして、キンっと地面で跳ねる。

「始まりだ!!　後悔しても遅い!!　平民と貴族の力量の差に恐れおののくといい!!」

ルーファウスは右手を俺に向けて突き出す。

「一瞬で串刺しにしてくれる！　〝アイスエッジ〟!!」

ルーファウスの目の前に現れた魔法陣が反応し、氷の串が勢いよく俺を襲う。

「どうせ避けられまい！　こんな広範囲の魔術を見るのは初めてだろう!?」

氷魔術か……。

初手で決めに来て、自信満々に出した広範囲魔術がこの程度……となると、これ以上の魔術はあっても一つか二つか。Ａ級クエスト中に一度遭遇して相対したフェンリルの氷攻撃に比べれば、温いものだ。

「——〝フラッシュ〟」

「ははは!!　魔術を出す暇もないだろう!?　死にたくなかったらさっさと降参——ウッ！？！？」

刹那、ドサッ！　と音を立て、ルーファウスが短くうめき声を上げる。

ルーファウスは見事にその場で転がり、地面に仰向けに倒れこんだ。

何が起きたかわからないといった様子で、ルーファウスは唖然と天井を見つめている。

「な、何が……」

「数秒後にはひっくり返って天井を見上げている……だっけ？　おかしいな、天井を見上げてるのは自分のほうみたいだぜ？　心の準備はちゃんとできてたか？」

「へ、平民が……!!」

ルーファウスは慌てて立ち上がると、困惑した表情を浮かべ、恥ずかしさからか僅かに顔を赤くする。

「くっそ……くっそ！　何が……ッ!?」

ルーファウスは苦い顔をして左足を僅かに引きずる。

「おいおい、今何が……ルーファウスの奴が一人で勝手に転んだ……？」

「違うよ、ノア君がやったんだよ」

「何を？」

「雷魔術」

「はあ!?　いやいや……そりゃ一瞬光ったように見えたけどよ……あのルーファウスの氷魔術は正直俺から見てもレベルが高かったというか……」

困惑気味のアーサーだが、一方でその隣のニーナは何故か自分のことのように自慢げに、フフンと胸を張っている。

「ちょっと足を払っただけさ。あんな綺麗に転ぶとは思ってなかったけどな」

「くそ……!!　今のは油断しただけだ！　は、はは……！　意外にやるじゃないか、俺の〝アイスエッジ〟を回避して直接攻撃を当てるなんて。少しは魔術を齧ってたみたいだな」

「その情けない言い訳を聞く限り、どうやら心の準備はできてなかったみたいだな」

「貴様……ッ！」

アーサーの反応を見る限り、恐らくルーファウスの実力は学生としてはそこまで低い物じゃないのだろう。それをあっさりと回避されたんだ、ルーファウスの動揺もわからないではない。

「とことん貴様は俺を侮辱するのが好きなようだなあ……!!」

「そんなつもりはねえけど」

「白々しい……！　……だが、今理解した。俺としたことが、どうやら油断というものをしていたらしい……。でなければ貴様のような平民に上をいかれるわけがない。……今のは俺の慢心が引き起こした悲劇として心にとどめておいてやる」

「へえ、反省するってこともできるんだな」

「ほざけ。俺は貴様のような平民と違って選ばれし者だ。常に強者であれという責任があるのだ。そこら辺の凡百共と一緒にするな」

そう言って、ルーファウスは改めて戦いの姿勢を取る。

さっきよりはかなり落ち着いてる。ひっくり返って、冷静さを取り戻したか。素質は悪くはないんだがな。今頃は勝ち誇っていただろうに——相手がこの俺でなければな。

「油断はしない。アンデスタ侯爵家の人間として、平民如きに負けるなどあっていいはずがない。もう手加減はなしだ!!」

「立派なことだ。さすがはアンデスタ侯爵家が次男。お前の実力をもっと見せてくれよ」

ルーファウスは俺に向けて狙いをすます。

「……貴様だけは許さん。魔術が使えようが使えまいがもう関係ない……！」

ルーファウスの後方に浮かびあがった魔法陣が青く光る。

「欠片も残らないと思え。我がアンデスタ侯爵家に伝わる範囲氷魔術のその一端を見ろ……!!」

冷気が吹き抜け、一気にルーファウスの周囲の空気が凍えていく。

次の瞬間、魔法陣から複数の氷の槍が連続で発射される。

「串刺しだッ!!」

「これはやべえ……ノ、ノア!!」

アーサーの叫びと、ルーファウスの勝ち誇った表情。恐らくはこれがルーファウスのとっておき。必殺の魔術。

複数の氷の槍が一斉に俺に向けて飛び込んでくる。

もうなりふり構ってられないって感じだな。

「ルーファウス。お前の濁った眼でもわかりやすい魔術を見せてやるよ。さっきのは良くわからなかっただろうからな」

「何を――」

「〝サンダーボルト〟」

瞬間、俺の頭上に浮かび上がった魔法陣が煌々と輝く。

雷鳴を轟かせ、稲妻が走る。

降り注ぐ雷は、俺に襲い掛かる氷の槍(アイススピア)の悉くを叩き落とし、その度に閃光が走る。

「な……に……!?」

「雷……!!」

俺は一歩も動かず、頭上より降り注ぐ雷でルーファウスの放つ氷を迎撃する。

甲高い音を立て、氷の槍は粉々に砕け散っていく。

「うおおおお！！！」

ルーファウスの咆哮虚しく、気が付けば全ての槍を破壊し終え、訓練場は静寂に包まれた。

「……………バカな……」

唖然とした様子で、ルーファウスは目を見開く。

「いい魔術だったぜ、ルーファウス。調子に乗るだけはある。そこそこのモンスターなら軽く倒せるだろうな」

「……………」

恐らくはルーファウスの現状最大の攻撃魔術。

それをまさかこんなにあっさりと防ぎきられるとは思っていなかったのだろう。しかも、自分が散々貶してきた平民に。

「そんな馬鹿な……お前は……平民で……！　試験もまともに通れないクズのはず……!!　こんなことが……こんなことがぁ!!」

「お前の理想通りじゃなくて悪かったたな。まあ気にすんな、お前は俺が平民だから負けたんじゃねえ。俺が最強だから負けたんだ。だからまあ……自信なくすなよな？」

「こんのお………ゴミがあああああ！！！　まだ俺は負けていない！！！　負けるわけがないんだあ!!」

ルーファウスは叫び声をあげ、魔法陣を展開する。

あの規模の魔術を使っても連続で魔術を出せるのか。確かにそこら辺の魔術師とはレベルが違うな。さすがエリート魔術学院生というわけか。

だが、このままルーファウスの魔術を受け続けても埒が明かない。大体ルーファウスの実力はわかった。


そろそろ終わらせるか。


「〝アイスロッ――――」

「〝スパーク〟」

瞬間、稲妻が走る。

「――ッ!!」

ルーファウスの魔術の発動を遥かに上回る速さでの発動。

まさに早撃ち。威力がそれほどではなく（俺の使える魔術の中では、だが）、消費魔力も少ない。その代わりに魔術の発動までの時間が圧倒的に短いのが特徴だ。つまり、魔術の撃ち合いで俺が後れを取ることはない。

ルーファウスは俺のスパークに対応する間もなく、正面から全身に電撃を浴びる。

「ぐあああああ!!」

雷鳴と叫び声。

発動しかけていた魔法陣はスゥっと消えてなくなり、ルーファウスは膝から地面に崩れ落ちる。

「さすがに加減したから気絶はしないだろうが……ギブアップってことでいいか？」

「ぐっ…………クソ……こん……な……!!」

身体が痺れて一時的に動けないルーファウスは、その表情を僅かに歪ませた。

「さすがノア君！」

「おいおい……ノア、お前……まじか」

ニーナとアーサーが、戦いが終わったとみて俺のほうへと歩いてくる。

「そりゃあ、平民で俺と同じ下克上の同胞だなって言ったけどよ……」

アーサーは倒れ動けないルーファウスを見て、息を飲む。

「どっちが下克上だって感じじゃねえか……！　なんださっきの戦い！　とても平民出身で魔術の戦いに不慣れだったとは思えねえぞ……!!」

「まあ、一応師匠みたいな人はいたからな。超スパルタの」

「だとしてもこれは流石に……俺の家庭教師より強いんじゃねえか、お前……」

そう言ってアーサーはもう笑うしかないという感じで乾いた笑いを漏らす。

「どうだかな。戦ってみないとわからねえな」

「いや、戦ってみたらわかると思えるお前がすげえよ……。つうか、ニーナちゃんは驚いてないのな。あのアンデスタ家だぜ!?　氷魔術では五本の指に入るレベルの超名家！　それをこんな一方的に……ビビるだろ普通!?」

「あはは。ノア君は私を助けてくれた時も凄かったし、試験でもあのガンズさん相手に凄い魔術見せてたからね。ノア君が強いのはわかってたし」

「はあ………てっぺん目指すって入学式の時ノアと話したけどよ……ノアレベルの魔術師が上級生――もしかしたら同級生にもいるかもしれないと思うと少しだけ不安になってきちまったぜ……」

そう言ってアーサーはしょぼんと肩を落とす。

「不安になる必要はねえよ。俺レベルなんてそこまでいないだろ。ま、いてくれたほうが俺は嬉しいけどな」

「相変わらずの自信だけど、さっきの戦いを見せられるともうその言葉すげー説得力あるぜ……」

「うっ……」

「ルーファウスさん……」

痺れが取れてきたのだろう、ルーファウスはゆっくりと身体を起こし、座ったまま壁にもたれ掛かる。

「………あーくっそ……」

「いい勝負だったな、ルーファウス」

「ふざけるな……！　侮辱しているのか……この俺を」

自分でも力の差を理解してしまったのだろう。あれだけ威勢の良かった様子は、今は見受けられない。

「別に誰もお前が弱かったとは言ってねえぜ？　その年にしちゃかなり上位の実力だろうしよ」

「同じ歳の貴様に言われても何も嬉しくなどない……！　平民のゴミの癖に……貴族で名家のこの俺より……!!」

余程悔しかったのか、ルーファウスは握りこぶしを地面に叩きつける。

「おいおい、ルーファウスよう。ノアに負けたんだ、もう平民のゴミとか言うのはやめにしようぜ？」

「そうですよルーファウスさん。これで試験が不正だったなんて嘘だってことがわかったですよね？　誤解が解けたならいいじゃないですか」

「ちっ……貴様らには貴族・名家としてのプライドがないのか……!!」

「私は別に……公爵家といえども凄い人には敬意を払うべきだと思いますけど……」

「だよなあ？　ま、俺だって名家だけどほぼ平民と同義だしな」

「話にならん……」

そう言ってルーファウスは立ち上がろうと身体に力を入れる。

が、上手く立ち上がれず少し体勢を崩してよろける。

「立てるか？」

俺はルーファウスに手を差し出す。

「余計なお世話だ……。俺は……俺はお前を認めていない！」

そう言ってルーファウスは俺の手を払いのけると、自力で立ち上がり出口のほうへと歩いていく。

「おいおい、俺は気にしてねえぜ？　平民なのは事実だしな。だから、俺に負けたからってそんな気を落とさなくていいぜ。別にお前に対して怒ってるわけでもねえしな。――まあ、これで俺が不正行為しただとか、退学しろとか言うのはめんどくせえからやめて欲しいが」

ルーファウスは頭だけをこちらに向け言う。

「……不正だと疑ったのは謝ろう。今後は無暗に絡むことはやめてやる……だが、これで勝ったと思うなよ……！　俺はこの学院で学び必ず貴様に追いつく。精々今はそうやって勝ち誇って余韻にでも浸っているが良い」

「別に勝ち誇ってるつもりはないんだけどな」

「必ず貴様にほえ面をかかせてやる。この屈辱は倍にして返す……!!」

そう言い、ルーファウスはゆっくりと訓練場を後にした。

「最後までプライドが高い奴だったな。負け惜しみにしか聞こえなかったけどよ」

「そうだな。でも、これで面倒な絡みをされなくなるなら十分さ」

「どうだかねえ。これでより一層ノアに執着するんじゃねえか？」

「いや、それは勘弁して欲しいが……まあ無暗に絡むことはやめるって言ってたし大丈夫だろ」

ただまあ、あの手のプライドが高い奴は何考えてるかいまいちわからねえからなあ。魔術師としてのプライドが高いか、貴族としてのプライドが高いか……。

まあどちらにせよ、数日間は平民に負けたという事実でろくに寝れねえだろうな。自業自得だが。

「でも良かったよ。これでノア君が退学なんてことにならなくて。ま、私は信じてたけどね」

「ニーナちゃんは完全にノアのファンって感じだよなあ。さっきも自分のことのように誇ってたし……」

「ち、違うよ!?　私はただ、ノア君の実力を皆もわかってもらえて嬉しいというかなんというか……」

そう言いながら、ニーナは恥ずかしそうにブンブンと首を振る。

「助けてもらったし、まあ確かに憧れ的な部分はあるかもしれないけど……もちろん魔術師としてね。それに、ほら、同期でもあるわけだし友達だし、それを誇らしいと思うのは当然と言うか――」

「いや早口かよ、ニーナちゃんテンパり過ぎだから……」

「ご、ごめん……」

ニーナは少ししょぼんとした様子で顔を赤くし俯く。

「はは、別に謝る必要ねえよ。まあニーナとは浅い仲じゃねえし、俺もニーナが活躍してくれたら嬉しいしな。もちろんアーサーも。楽しみにしてるぜ」

「へへ、あんなの見せられちゃあさすがにやる気が湧いてくるってもんだ。見に来て正解だったぜ」

「そうだね。だだ、自業自得とはいえルーファウスさんがちょっと心配ではあるけど……」

するとアーサーはやれやれと肩を竦める。

「まったく、ニーナちゃんは優しいな。流石公爵家、慈悲深いねえ」

「そういうんじゃないけど……ルーファウスさんは一応前からの知り合いだからね。これで折れないで改心して頑張ってくれるといいんだけど……」

「負け惜しみ言うくらいだから折れてはいねえとは思うけどな。素質は悪くねえし、できればもっと成長して欲しいけどな。強くなってくれればそれだけ俺の訓練にもなる」

「はあ～なんか俺も負けてられないな……！　絶対俺も強くなってトップを目指してやる！　勝負だぜ、ノア！」

「あぁ、楽しみにしてる」

こうしてルーファウスとの戦いは終わった。

アーサーとニーナは一足先に寮へと戻った。俺は少し魔力を使って昂った精神を鎮めるため、夜の訓練場の周りをゆっくりと歩き始める。

学生としての強さが見れはしたが……俺の敵ではなかったな。これならモンスターを狩ってたほうがまだ魔術の力が伸びるだろう。シェーラに言われて対人戦を磨くために入学したはいいが……――いや、まだ決めつけるのは早いか。他にも強い奴はいるかもしれない。

特に気になるのはクラリス・ラザフォード……A級冒険者の女。少なくとも俺と一年違いでA級に昇格する実力。俺に肉薄しないまでも、少なくとも他の学生よりは頭一つ以上は抜きんでているだろう。

同じクラスになったことだ、奴と手合わせするのもそう遠くないだろう。

一体どんな魔術を――

「ノア・アクライト……」

不意に俺は後ろから声を掛けられる。

この時間に……？　学生なら既に寝ていてもおかしくない時間。誰だ……？

俺は振り返る。

「誰だ？」

そこに立っていたのは、一人の少女だった。

綺麗に編み込まれた金髪。小柄なのにもかかわらず、主張の激しい胸。こいつは――

「お前は……クラリス・ラザフォードか」

Ａ級冒険者にして、同じクラス。そして、俺の大ファン。

「なぜ私の名前を？」

「あっと……それは――」

おっと、まずい。そうだ、こいつはヴァンとは会っているが、ノアとは会っていないんだった。俺がクラリスの名前とこいつの顔が一致していること自体おかしいのだ。

「やっぱり……あなた、さっきの戦い見ていたわよ。とんでもない雷魔術」

やっぱり……？　俺が名前を知っているのではと思っていたのか？

まずいな、こいつ俺とヴァンを結び付けたか？　くそ、面倒だな……どうする、否定して簡単に信じてくれるなら楽だが……。

「……それがどうかしたか？　勝手に覗くなんていい趣味してるじゃねえか」

「私の目はごまかせないわ」

「何？」

やはりこいつ……。

「あなた……〝雷帝〟」

「いや、俺は――」

「〝雷帝〟ヴァン様の弟子なんでしょ⁉」

「…………は？」

「だから、あなたヴァン様の弟子なんでしょ⁉　違う⁉」

クラリスは自信満々な表情でそう言い切る。

その目は、爛々と輝いている。

「……何を根拠にそんな。別に雷魔術を使う魔術師なんて他にもいるだろ。たまたま俺の魔術式も雷魔術だっただけだ」

「師匠がいるって言ってたじゃない。私聞いたわよ」

「そりゃ言ったけど」

「それに、私の名前を知ってるっていうのが決定的。あなたと会話したこともないのに名前と顔が一致しているとか、私がヴァン様に挨拶した時の話を聞いていたとしか思えない」

面倒くさいところを突くな……。丁度こいつのことを考えていたから反射的に名前が出てしまった。俺としたことが……。

「いや、だったら名前は知ってても顔を知ってるのはおかしいだろ。話だけを聞いてたならお前の顔なんか知らないはずだ」

「そんなのいくらでもこじつけ出来るわ。私が挨拶した時にそばにでもいたんでしょ。ヴァン様はローウッド支部所属なのに王都に来てた……もちろんS級になったからってのもあるんでしょうけど、あの日は学院の試験をしてた。タイミングもぴったりだわ。それに、たとえ違ったとしてもあなたが私の顔と名前が一致している事実は変わらない」

こいつ、完全に決めつけてるな……。まあ俺自身がヴァンなんだからあながち間違いではな

いんだが……。

　どうするかな。でも考えようによっちゃあ俺の師匠ってことにしておいたほうが楽か？　雷魔術関連で俺とヴァンが同一人物ではないかと言及されても、師匠ってことにしておけばバレることはねえ。

　本来まったく同一の魔術を使えるのは同一人物か同じ家系でしかありえず、たとえ同じ雷系統の魔術でも使う家系が違えばその魔術は微妙に異なってくる。だが、ほとんどソロで冒険者をやっていたヴァンの魔術を詳しく知っている奴はいないから、俺の使う魔術がヴァンの物と同一だと判断できるものは殆どいないはず。ヴァンは、〝雷帝〟という名前と雷魔術を使うという程度しか認知されていないはずなんだ。ガンズの時はS級ともなればその辺りの細かい情報にも精通しているはずと正体を明かしたが……クラリスの場合それはないだろう。それならば俺の魔術からヴァンだと確定はできないはず。同じ雷魔術を使う者として弟子入りしていると言えば納得させせられるはずだ。

　何より、こいつにヴァンだとばらしてしつこく付きまとわれるのも面倒だ。同い年の師匠ってのも何か変な感じだが、まあそこに目を瞑れば問題ないか。

　ローウッドから来てるってのも説得力増すしな。ここはこいつの勘違いに乗っておくか。師匠ってことにしてこいつに口止めさえしておけば問題ない。恐らくこいつ以上に同級生で俺をヴァンだと疑う奴はいないはず。こいつさえ丸め込めばこれ以上の心配はいらない。

　こいつは恐らくヴァンへの憧れで見切り発車で俺に話しかけてきたんだろう。のちのち詳しく観察された後に俺とヴァンを結び付けられるより、今の頭ガバガバなうちに師弟関係ってことを刷り込んでおけば変に疑われることもなくスムーズに行くはず。まあ、悪くないな。

俺は諦めた風に溜息をついてみせる。

「――そこまでばれているなら仕方がないな」

「じゃあやっぱり！」

クラリスの顔がパーっと明るくなる。

「あぁ。出身が同じだからな。使う魔術系統も似ていたこともあって、ヴァンから数年間教えられた」

「～～～！！！　羨ましすぎるっ!!」

クラリスは天を仰ぎ、感嘆の声を零す。

「そうか？」

「もちろん！　私ヴァン様のファンなのよ！　あんな凄い人はいないわ！」

「まあ凄いな。最強の魔術師と名高いからな」

「そうなの！　最年少でA級、そしてS級！　仮面のせいでその正体は一切不明だけど――」

クラリスはヴァンについて語り始める。

よっぽど好きなんだな。何か可哀想なことしてる気がするが、まあいいだろ。

「仮面の下は実はイケメンらしいわ。それに凄い物腰穏やかで、紳士的。困っている人がいたら無償で依頼を受ける善意の人なのよ！」

……何か話がぶっ飛んでるな。どこの誰だ？　俺の知ってるヴァンか？

後半の感じが全然違うんだが。

「……本当にそれヴァンか？」

「そうよ！　あんた師匠のこと何も知らないのね」

「ま、まあ冒険者としての仕事の話は特に聞かなかったからな」

「はーん、その様子だとヴァンはあなたの前では厳しい人だったのね。さすがだわ。弟子のためならそういう一面も見せられるのね……」

そう言って勝手に一人納得し、クラリスはうんうんと深く何かを噛みしめるように頷く。

なるほど、この性格についての思い込みがこいつに俺とヴァンが同一人物ではなく、弟子ではないかと思わせたのか。ある意味こいつが大ファンで誤解しててラッキーだったな。

正直俺がヴァンだとバレるのはガンズの例同様に、そこまで厳密に隠し通す必要のあるものではないんだが……クラリスくらいには言ってもいいんだが、この様子だと夢を持たせて黙っててやるほうが良さそうだな。

「そんな人のもとで修行してたなんて……そりゃアンデスタの坊ちゃんなんか相手にならないわよね」

「へえ、お前もあいつのこと知ってるのか」

「そりゃね。一応あんなでも貴族だし。魔術でも結構有名みたいだから」

「らしいな。氷魔術では五本の指に入る家だとか」

「ふーん……ま、私たち冒険者に敵うわけないけどね」

「私たちって、俺は冒険者じゃないんだが」

「ヴァン様の弟子なら冒険者みたいなもんでしょ。人間より強いモンスターと日々戦ってる私たちが、狭いコミュニティでどこの家が強いとか弱いとかやってるだけの魔術師連中に後れを取るわけないじゃない」

クラリスはきっぱりと言い切る。

こいつはこいつで冒険者の魔術師が最強ってスタンスね。まあニーナとかもS級冒険者の魔術師が憧れだって言ってたし、あながち間違いではないんだろうが……。

「そんな慢心してたら足元掬われるぜ？」

「な、何よ！　あんただって散々負ける気がしねえみたいなこと言ってたじゃない！」

「それは事実だからな。俺は自分の実力を良く知っている。その上であいつと比較しても負ける要素がないとわかってたからな。ま、平たく言えば俺が最強だ」

「ヴァン様が最強に決まってるでしょうが！　何師匠差し置いて最強名乗ってるのよ！」

「あーまあ……同じくらいだ」

クラリスはキレ気味に突っ込む。

「ない！　百パーセントない！　弟子でも言って良いことと悪いことがあるわ！」

「……厄介ファンだなお前……」

「厄介言うな！」

「まあどっちでもいいけどよ……。お前もA級冒険者なんだろ？　強いのか？」

「ふん、当然よ。ヴァン様を目指して修行したからね。この学院の温室育ちの坊ちゃん魔術師なんかに負けないわ」

　余程自信があるようだな。まあそれくらいじゃなきゃ困る。

「そうか、じゃあ楽しみだな。明日からの授業が。お前の力見せてくれよ」

「……あなた、ヴァン様と違って何か態度デカいわね……」

　いや、まあ俺がヴァンなんだが……。

「まあいいわ。私もヴァン様の弟子の力がどれほどか見てみたいし。楽しみにしているわ。今日の戦いを見る限り、あなたもこっち側みたいだけどね」

「A級冒険者にそう言ってもらえるのは光栄だね」

「わかってるじゃない。――じゃあね。私はもう帰るわ。女の子が一人で出歩いてたら危ない時間だわ」

「……危ないのはお前に出くわした側の人間だろ……」

「何か言った？」

「いや何も。送って行こうか？」

「何、師匠の真似事？　ま、方向一緒だし断る理由もないわ。さっさと帰りましょ」

「あっと、クラリス」

　俺はクラリスを引き留める。

クラリスは何よ、と振り返る。

「一応俺の師匠がヴァンだというのは黙っておいてくれ」

「何でよ、誇らしいことじゃない。羨ましい」

「なんせあの人は超有名人らしいからな。下手な詮索をされると面倒だ」

「ふーん……まあそうね。ヴァン様に近づきたくてあなたに取り入ろうとするやつもいるかもしれないし」

……ここはお前だろとは言わないほうがいいか。

「頼む」

「わかったわ。じゃあさっさと戻りましょう。明日も早いわ」

こうして俺たちは寮に戻った。

今日はいろいろあった一日だったな……。明日から授業か、どんなもんかな……楽しみだ。

他の魔術師たちも気になるし。

俺はベッドにもぐりこみ、そんなことを考えながら目を瞑る。

——あ、ルーファウスに様付きで呼ばせるの忘れてた。

第三章　リムバ演習

「お――……おき――――」

うるせえなあ……。まだ夜中だろうが……。もっと寝かせてくれシェーラ……。

俺はそのまま布団を頭まで被り、もう一度目を瞑る。

もう一回夢の中へ――

「起きて、ノア君！　初回授業から早々遅刻しちゃうよ!?　……あぁもう、置いていけるわけないじゃん……どうしよう……あぁもう、ごめん！」

次の瞬間、俺の身体が強引に起き上がらせられる。

「うぉぉ……！」

「起きてノア君！　本当時間ないから!!　はいこれシャツとズボン！　ジャケット！　はいネクタイ！」

「あぁ？　……シェーラ……じゃねえ……？」

「誰と勘違いしてるの!?　ルームメイトのリックだよ!?」

リック……ルームメイト……。

「あぁ……リックか……朝……？」

寝ぼけまなこで窓のほうに視線を移すと、カーテンは開いており朝日が差し込んでいる。

「朝だよ！　ほら見て、凄い良い天気だから！　昨日遅くに帰ってきたからだよ、こんな時間に起きちゃって……朝ご飯はさすがに食べに行けないけど、もう出ないと！」

どうやら俺はぐっすりと眠りこけていたらしい。俺の上に無造作に置かれた制服たち。リックか……。

「――悪い、寝すぎたみたいだ」

「いや、まあいいんだけど……早くしないと遅刻しちゃうよ！」

「あぁ。いや、先に行っててくれていいぞ。お前まで遅刻する必要はねえよ。わざわざ起こしてくれてありがとな」

「いやいやいや！　さすがに見捨てられないよ……！　一緒に行こうよ！」

「いや、お前がいても別に俺の仕度が早く済むわけじゃないし、そもそもクラス違うだろ……」

「見捨てたら今日一日僕が引き摺っちゃうよ……それに比べれば遅刻のほうがマシだよ」

いやいや、優しすぎだろ……。優しすぎだし、その優しさあんまり意味ねえし……。

ある意味一番厄介だな。俺一人ならもう遅刻するならゆっくりとのんびり準備してとなるが、さすがに起こしてくれたリックまで遅刻させるわけにはいかない。

「――はあ……わかったすぐ準備するから待ってろ」

「うん！」

「はあ、はあ！　間に合いそう……！」

「そうだな」

俺たちは全速力で校舎を駆け抜け、何とか教室が並ぶ棟へとたどり着く。

「こんなに走ったの……ひさし……ぶりだよ……！」

「運動不足で戦闘なんて大丈夫か？」

「ぼ、僕は……自分で戦うタイプじゃ……ないから……！」

そう言って、リックは苦しそうに言葉を返す。

召喚とか生成系の魔術師か。術者本人が動かないとそりゃ運動不足にもなるか。

「ぼ、僕はあっちだから……！」

「ああ、悪かったな。お陰で遅刻しなさそうだ。ありがとな」

「ううん、僕が勝手に遅刻させたくなかっただけだから……じゃあまた夜に！」

そう言ってリックは自分の教室のほうへとかけていく。

「ふぅ……不思議な奴だなあ。魔術はどうか知らねえけど、やっぱ変わった奴が多いなこの学院は」

貴族大好きマンに、ヴァンの熱狂的信者。それに世話好きの同居人か。

ローウッドでは人と殆ど関わってこなかったからサンプルは少ないが……まあでも一学年90人もいればそんな奴もいるか。俺にとっては初めての集団生活だ。

俺は教室の後方のドアを開ける。

――瞬間、一斉に教室の中の全員が俺のほうを振り返る。

「…………なんだよ、遅刻じゃねえだろ……？」

「…………」

どうやら丁度開始時刻になっていたようで、全員が静まり返っている中入ってきたのが俺だったようだ。

「ノア君！　こっち！」

「おいノア、ここ席あるぞ！」

左の前のほうで、ニーナとアーサーが手を上げて俺を呼ぶ。

俺は教室の後ろをぐるっと回り、呼ばれたほうへと向かう。

「ふぅ……」

「はは、早々遅刻しそうだったなノア」

「興奮して寝れなかったの？」

「いや、逆にぐっすり眠り過ぎた。ルームメイトが起こしてくれなかったら終わってたわ」

「へえ、もうそんなに仲良くなったの？」

「いやいや、そんなじゃねえんだけどよ。すげえ世話焼きタイプっぽいわ」

するとアーサーがはあっと大きくため息をつく。

「羨ましいなあ。俺のルームメイトなんていびきがうるさい大男だぜ？　昨日帰ったらもう寝てて全然寝付けねえの。交代して欲しいぜ……」

「はは、賑やかでいいじゃねえか。ニーナのルームメイトは？」

「私のルームメイトはあそこの子だよ」

そうニーナが指さす先にいたのは、クラリスだった。

「クラリス・ラザフォードか」

「あれ、知ってるの？」

「あぁ、ちょっとな。へえ、あいつが同室か。あいつうるさくねえか？」

「ううん？　何か取っつきにくくて静かな子だけど悪い子じゃないよ」

取っつきにくい？　静か？　何か印象が違うな。

猫被ってんのかあいつ……確かにあいつの周りだけぽっかり空いてて一人で座ってるな……。

ああそうか、あいつも話聞いた感じ貴族でも名家でもないっぽいから、俺と同じ立場で浮いてるのか。

とその時、教室の前のドアが開く。

「――遅くなってごめんなさい。授業を始めるわ」


一クラス三十名。

今日から本格的に授業が始まっていく。教壇に立つ黒髪の女性は俺たちを見回す。

「これからAクラスを担当するエリス・ノースバーンよ。よろしくね。担当と言っても、私が教えるんじゃなくて、それぞれあなたたちが受ける授業は別に担当の魔術師の先生がいるわ。

私はこういったクラス全体への説明だったり、他クラスとの調整だったりがメインね。……ああ、あとは、何かあった時の窓口は私になるかしら。何かあったら私に報告してくれればいいかな」

　そう言って、エリスは少し誇らしげに胸を張る。

「――というわけで……。じゃあ早速本題に入ろうかしら。まずは自己紹介からね」

　結構知り合い同士というのも多いようで早くも自己紹介から盛り上がっていた。

　仲が良くなくても、名前は知っている、というのも多いようで、名前を名乗る度にお〜っと声が上がった。特に、当然と言えば当然だが、ニーナに対してはものすごい反響だった。

「ニーナ・フォン・レイモンドです。よろしくお願いします。公爵家ではありますが、皆さんと分け隔てなく接して、高め合っていけたらな……と思っています」

　ニーナがそう自己紹介にしたとき、クラス中がざわざわとしだした。

「あれが、公爵家の……」

「召喚術師だろ、凄いな」

「はは、楽しみだな。この国にいてレイモンド家を知らない奴はいない。お姉さんも凄いし、妹もさぞ凄い魔術を使うんだろう」

　まるで俺がヴァンだとわかった後の冒険者ギルドみたいな反応だな。彼ら貴族からしてもやはりニーナは別格扱いか。

　ニーナは少し恥ずかしそうにして席に座る。

ニーナ以外にも、何人か大きな声の上がる生徒たちがいた。

まずは、レオ・アルバート。侯爵家。赤髪で女にモテそうなイケメンオーラを纏っている。喋り方から優男の雰囲気が伝わってくる。腰に剣を携えているから、恐らくは魔剣士の類だろう。ガンズと同じタイプだな。

次に、ヒューイ・ナークス。魔術の名家で土魔術を得意とするらしい。背が高く、知的な雰囲気を感じる。どことなくシェーラと似た匂いを感じるのは、余り本心を語ろうとしないからか。

その次は、モニカ・ウェルシア。伯爵家の娘。中肉中背で、金髪のツインテールのいかにもなお嬢様だ。自己紹介では殆ど魔術の修行をしていないのに受かったと自信満々な物言いだった。裏口入学とかではないのなら、才能に溢れているんだろうが……さて、どうかな。周りの声からして実力はありそうだが。まだわからない。

そして最後は、ナタリー・コレット。ヒューイ同様、魔術の名家。特製の弓に魔力で生成した矢を使って攻撃する独特な魔術を使うらしい（アーサー談）。黒髪のポニーテールで、丁寧な喋り方からお淑やかな雰囲気が感じられる。

ざっと、ニーナやアーサー、それに他のクラスメイトたちが反応したのはこの四人だった。

そして意外にも、反応が大きかったのが――

「クラリス・ラザフォード。A級冒険者よ。今は休業中。以上よ、よろしくね」

「クラリス……A級冒険者！」

「すごい、ヴァンに次ぐ冒険者期待のホープ！」

「A級冒険者なのに学院に来たのか……凄いな……」

クラス中がざわざわとどよめく。周りの名家・貴族が一目置いているのがわかる。

S級冒険者ほどではないが、A級でもある程度の知名度があるのか。――いや、年齢もあるし、クラリスの名前は特に知れ渡ってるのかもしれない。これがC級やB級だとこうはいかないだろう。

とにかく、どうやら殆ど全員を知らないのは俺だけのようで、あらゆる場所から有名な魔術師の卵たちが集ってきているようだった。

予想していた通り、平民は俺とクラリス、そして後二人の男女だけ。残りの二十四名は貴族・名家の類だった。

そして当然の如く、貴族からの俺たち平民組への反応は淡泊なものだった。

ルーファウスみたいに明らかに平民を敵視（蔑視）している者はいなかったが、魔術師の名家でもない平民の俺たちには割と無関心というのが多かった。クラリスは別だが。

一方で名家と呼ばれる連中から俺達平民への好奇心はそこそこで、俺たちがどんなレベルの魔術師なのか気になってしょうがないといった様子だった。貴族より断然俺たちとのほうが境遇が近いから、純粋にどれだけの実力なのか気になるのだろう。全員ではないが。

そんなこんなで一通り自己紹介が終わる。

「――皆さんありがとう。まあ、こんなのでお互いわかり合えたら苦労はないわ。これからの学院のカリキュラムを通してお互いの理解を深めていって頂戴。同じクラスだからね」

エリスは俺たちを見回しながらそう言う。

「……さて、ここからはこれから学院で何を学んでいくかだけれど。メインは戦闘。魔術を使った実戦訓練、対人・対モンスターを想定した訓練、近接戦闘術、あとは魔術の系統に合わせた少数訓練なんかもあるわ。それに学院長が言っていた冒険者として任務を経験できるチャンスもあるわよ」

冒険者ねえ。確か学院長はB級相当とか言ってたか。だとしたら、大したものじゃなさそうだな。冒険者以外（まあたまに騎士もあるにはあるが）モンスターと戦うなんて体験はそうあるものじゃない。

対モンスターの戦闘を経験しておくのも悪くはない……という程度の物なのかもしれない。

「もちろん座学も一応あるわよ。歴史や一般教養、魔術の基本的な考え方なんかを学ぶわ。まあ、これは一年生で殆ど学び終えて、二年からは殆ど戦闘漬けね。――そして、あなたたちがこれからまず目指すべき場所。それは――」

そう言ってエリスは俺たちを見回す。

「歓迎祭ね。あなたたち新入生の入学を祝うと同時に、我が校に本当に相応しい生徒が入学したのかを上級生たちが見守る祭り。主役はあなたたち。新入生による新入生のための戦い。それが歓迎祭よ」

歓迎祭。その言葉に、周りの生徒たちが急にやる気を出したように騒めき出す。

どうやら有名なイベントのようだ。ようは俺たちの力試しをする祭りというわけか。本当に入学に相応しい生徒が集まったのか、今年の新入生の実力はどんなものか、そして誰が今年一番強いのか——それを決める戦いを行うと。早速俺の活躍の場が出てきたな。

「もちろん、優勝者にはいろいろ与えられるわ。それは追々ね。それを置いておいても、栄誉や名声が手に入るまたとない機会よ。歓迎祭で優勝した生徒は卒業後に必ず大物になると言われてるから、みんなも死ぬ気で頑張ってね。でも、その前にも大きなイベントはあるわよ」

エリスは不敵な笑みを浮かべる。

「リムバでのモンスター討伐演習」

モンスター。その言葉に、僅かに周りの緊張感が高まるのを感じる。

入学式で学院長が言っていたやつか。

「ここにいる人達はきっとモンスターを相手したことがない人がほとんどでしょう。本物のモンスターとの戦い……あなた達のこれまで培ってきた魔術の実力とセンスが試されるわ。歓迎祭前に実力を発揮できる大舞台。ふふ、私も楽しみにしてるわよ、あなたたちの活躍をね」

ここでモンスターと戦う経験を積ませる訳か。確かに、この演習で大体の魔術師としての実力は測れる。実力を見るのは何も上級生だけの特権じゃない。俺も見させてもらうぜ、同期たちの実力をな。

歓迎祭……当面の俺の目的はこの歓迎祭での優勝になりそうだが、まずはこの演習からだな。

◇

「――スパーク」

激しく発光する稲妻が、バチバチと音を立て訓練用の人型のダミーゴーレムへと直撃する。

むせ返るような煙と焦げ付くような匂い。

晴れると、そこには上半身が消し飛んだダミーが真っ黒く焦げついていた。

前に立つ長髪の男が、感慨深げにダミーゴーレムを見つめる。

「……これはすごいな……君は、あーっと…………ノア・アクライトか」

「はあ」

「ふむ。しかし、末恐ろしいな……。これでまだ手を抜いていると見える。……いや、悪い意味ではなく……楽しみだよ。まだ一年生とは、期待できるな」

「そりゃどうも」

「淡泊だな。この私が手放しでほめる奴など数えるほどしかいないぞ」

ラグズ・リーダス。魔術基礎訓練のAクラス担当教師で、辛口教師として知られているらしい。兄弟がこの学院にいる奴が、ラグズはかなり実力主義だからと気を付けるようにと言われたらしい。

実際、この授業を受ければその意味がわかった。

君は今まで何してきたんだ？　なぜ君のような奴が合格したのか……来年の試験は見直すべ

きだな。貴族の力でも使ったか？　平民だから採点が甘くされたのか？　そんなのでこの学院でやっていけると思ってるのか？　クソの役にも立たない魔術だ。その水で便器でも流していたほうが有意義だな。

――などなど。俺の番が回ってくるまでにこれらの言葉を生徒に言い放っていた。

たしかに、俺の目から見ても彼らの力はお世辞にも凄いとは言えなかった。せいぜいルーファウスの半分程度といったところだ。

これはルーファウスが凄かったのか、それともこいつらが微妙すぎるのか。とにかく、歯に衣着せぬ物言いで、生徒の心はズタボロだった。期待の裏返しなのかもしれないが。

その中で少しでも誉めたのは俺とニーナ、クラリスそして例の四人、レオ、モニカ、ヒューイ、ナタリー。特に手放しだったのは俺とレオ、クラリスだけだった。

アーサーは魔術が雑だとか貶されてたな……まあ威力はあったから小言で済んでいたが。

「まあいい。期待できる奴がいて俺も嬉しいぞ。雑魚しかいないんじゃ育てがいがないからな。

――よし、次！」

そんなこんなで初日の最初の授業が終わり、俺たちは昼を食べるため食堂へと向かった。

多種多様な食べ物がビュッフェ形式で並んでおり、好きなだけとって食べられるという贅沢仕様。さすがエリート学院、食にも手を抜かないようだ。

俺たちは好きなものを取り、窓際の空いていたテーブルに腰を下ろす。

「いやー疲れた。手厳しすぎるぜあの先生」

アーサーはいじけた様子でポテトにポリポリとかじりつく。

「あの魔術じゃ当然だったけどな。残念ながら」

「くう、お前まで手厳しいじゃねえか……まあそうだけどよ……もう少し俺の潜在能力を見抜くとかしてくれてもいいじゃねえかよまったく……」

「ま、奥の手を隠してたらあんなもんだろ」

「……はは、目ざといねえノアは。さすがだな」

「見ていればわかるさ。あの魔術は間違いなくもっと深い使い方ができる。ただ剣を出すだけなんて使い方としちゃ単純すぎる」

「つたく、ノアにはお見通しってわけか」

そう言って、アーサーはあちゃーっと額に手を当てる。

「けど、さすがにノアにも教えられないぜ？　リムバでの演習も歓迎祭もあるんだ、手の内をすべて見せるなんて馬鹿のすることだぜ。皆が同じクラスメイトとしての味方であり、魔術師としての敵だからよ！　本番で初めて本気を出し合って、そこで熱いバトルを繰り広げるのよ！」

「はは、相変わらず熱いな。なに、別に元から聞くつもりはねえよ。それを生で見るのも楽しみだからな。そもそも、あの場で全力出してる奴なんて他にもいねえよ。皆何かしら隠してる……………こいつ以外」

　俺は隣に座るニーナを見る。

「だ、だって……召喚術で手を抜くって難しいんだよ……？」

「いやあ、でもすごかったぜ!?　俺初めて見たよ召喚なんて！」

「そうかな？　まあ珍しいらしいからね」

「いやいや、あの先生が褒めるんだ、十分すげーよ」

「そうだな、ニーナ・フォン・レイモンド。僕も君の召喚術は素晴らしかったと思うよ」

　と、不意に声を掛けてきたのは、見るからにイケメン感満載の赤髪の男。

「レオ・アルバート……さん」

　レオはパチパチと拍手をする。

　それを、アーサーはつまらなそうな顔で眺める。

「さすがレイモンド家の召喚術。この目で見られるとは思ってなかったよ。ありがとう」

「いやいや、レオさんの剣術も凄かったよ。あんなに魔術と剣が一体となれるなんてそうそうできることじゃないよ」

「はは、お世辞が上手だな。ありがとう。君が試験で戦ったガンズさんのほうが数倍上手さ。僕も精進しないとね。それに――」

　と、レオは俺を見る。

「どうした？」

「ノア・アクライト……まさか君みたいな逸材が眠っていたとはね」

「へえ、貴族様の割りには真っ当な評価をするんだな」

「はは、僕は貴族や平民で態度を変えたりしないさ。中にはそういう奴もいるけどね。僕は純粋に魔術が好きなんだ、君みたいな凄い奴と一緒のクラスで切磋琢磨できるなんて僕はラッキーだよ」

そう言ってレオは楽しそうに笑う。

こいつ本物か……？　ただの良い奴なのか？

俺の中の貴族観がルーファウスで完全に塗り替えられてるな……いかんいかん。

「あんたも中々だったぜ。俺が見てきた中でもあんたの魔剣は二十本の指には入るぜ」

「はは、二十本の指に入れてもらえるとは光栄だな。是非とも君とは今後も仲良くしていきたいな。僕も得る物が多そうだ」

そう言ってレオは俺に手を差し出す。

「あぁ。よろしく――」

「つまらないわねあなたたち。そんなんじゃ私の相手にならないわよ」

と、不意にまた声をかけてきたのは――

「クラリス」

「ちょ、クラリスちゃん！」

「ちょ、ルームメイトだからってちゃん付けしないでくれないかしら？」

「あっと、ごめんね……」

「い、いや……悪くはないけど……」

「おぉ、君はクラリス・ラザフォード！　君の炎魔術も凄かったじゃないか」

レオは次はクラリスを手放しでほめ始める。

「ふん、私が凄いのは当然でしょ。Ａ級冒険者よ？　本来ならこの学院に来る必要もないほどの強さなんだから」

「はは、君との出会いも僕に良い影響を与えてくれそうだ」

「……何あんた、物好き？」

「そうかもね。ノアにニーナ、それに君……何だか今年の一年、特に僕たちのクラスは豊作そうじゃないか」

「当然でしょ、私がいるんだから。それに……そこのノアもいるしね」

「へえ、君もノアには目を付けているのか？」

クラリスはチラッと俺を見る。

あ～……俺がヴァンの弟子だから意識してるのかこいつ。こいつの原動力はヴァンみたいだからな。

「……まあね。歓迎祭楽しみにしているといいわ。決勝はノアと私になるでしょうけどね。あんたもいいところまでは行くんじゃない？」

「はは、そうはいかないさ。僕だってこの剣に誓って負けるわけにはいかない。それに、ニーナだっている。君たちだけに良い恰好はさせないよ」

「ふん、まあ楽しみにしてるわ。あんたも弱いわけじゃなさそうだし、退屈はしないわ。精々頑張って」

そう言ってクラリスはスタスタと食堂を後にする。

既に同じクラス内でバチバチしているようだ。

――ま、勝つのは俺と決まってるんだけどな。

すると、アーサーが立ち上がり叫ぶ。

「俺は!?」

「君は……光るものはある！　君の成長に期待するよ」

「お前……優しさがうざいぞ……」

「おっとそれは悪かったね。……じゃ、僕もこの辺りで。今後も共に成長していこう」

げんなりとしたアーサーを置いて、レオも俺たちのもとを後にした。

「集中しなさい。魔術師だからと言って格闘術を疎かにしていいことにはならないわよ。素手での戦闘経験は必ず必要になるわ」
ショートヘアの女教師が腕を組みながら眉間に皺を寄せ、険しい顔で叫ぶ。
彼女の名はベティ・アルゴート。この学院の教師の一人。この授業――格闘術の授業を担当する先生だ。

　人間相手では格闘術は欠かせない。魔術だけで勝負が決まれば、魔術師としてはそれがベストだが、素手に頼らざるを得ない状況というのは往々にして存在する。モンスターと戦ってきた俺にはあまりなかった状況だな。

「魔剣士が格闘術を身に付けるのは当然よ。武器種にかかわらずね。でも、それ以外の魔術師も当然そういう場面は訪れるわ。特に騎士なんかを目指す場合は魔術を使わないで無力化する場面も出てくるわ」

　まあ確かに、所かまわず魔術を撃っていればいいというものではないのは確かだ。

　ニーナのところの爺さんとの戦いの時も、わざわざ路地に誘い込んでから魔術を使ったのは周りの一般人を巻き込まないためという目的も一応あった。

　人混みの中で咄嗟に拘束できるようなタイプの魔術を持った魔術師なら問題ないだろうが、攻撃に特化した魔術師なんかは周りへの影響を考えれば迂闊に魔術を使えないだろう。そうなれば、否が応でも格闘術を使わなければならない。そのための格闘術というわけだ。

「きゃっ……！」

「お、おい大丈夫か？」

「いてて……召喚獣に頼りっきりだから格闘なんてやったことないよ……」

　隣ではアーサーとニーナが手合わせをしている。

　初回は全員の力を見るとか言って先生は特に教えるでもなく、格闘術の大切さを説くだけに留め、各々先生の決めたペアで模擬戦を繰り広げていた。

そして俺の相手はというと……。

「や、やりますね……あなた……」

「そりゃどうも」

目の前で尻もちを付く少女――ナタリー・コレット。

Aクラスでも話題の人物の一人だ。弓を使うだけあってその体つきは見た目ほどやわではなく、意外とがっちりしている。背丈も女子にしては割と高めで、攻撃も一つ一つが重い。

「立てるか？」

俺はナタリーに手を差し伸べる。

「ん、ありがとうございます」

ナタリーは俺の手を掴むとグイと力を入れ立ち上がる。

ルーファウスが俺の手を払いのけたのを思い出すな。

「いやあ、昨日今日と二日しかまだ経ってませんけど、ノアさんの魔術には目を見張るものがあると思っていたんですが……まさか格闘術までこんなにできるとは……」

「使う魔術的にな。俺の魔術の中に身体強化に近い魔術があるんだが、その魔術でも不自由なく動けるようになるためには強靭な身体が必要なんだよ。まあそれの副産物みたいなもんだ。本気で素手を極めた奴にはこれだけじゃそう簡単には勝てねえよ」

「負けるとは言わない辺りがさすがですね……」

と、ナタリーは少しげんなりした様子で溜息をつく。

「ナタリーも別に悪くないと思うぜ？　割と遠距離系の魔術なのに上出来だと思うぞ」

「まあ現状素手では歯が立たないわけですが……」

——っと次の瞬間。ナタリーの下段への回し蹴りが飛んでくる。

俺はそれを軽く飛んで避けると、続いて繰り出される左右のストレートを右手で受け流す。

「ふっ!!」

渾身の右ストレート。

それを覆いかぶさるようにして脇の下で挟み、肘の下に腕を絡ませ、強引に捩じり上げる。

「いたたたたた！！！」

「いい奇襲だったぜ。ま、俺には効かねえけどな」

「ギ、ギブ……！」

パンパンと俺の腕を叩くナタリー。

俺はそっと絡めた腕を離すと、またもナタリーは地面に倒れこむ。

「はあ、はあ…………魔術さえ使えれば……」

「へえ、魔術には自信あるのか」

「と、当然です！　私は名門コレット家の人間。魔術だけは誰にも負けません！　たとえあなたがどれほど強い魔術師だとしても……！」

「いいねえ。自信がある奴は好きだぜ」

「好……――っ！　そ、そういうのは簡単に言っちゃいけないんですよ！」

ナタリーは顔を赤くして語気を荒げる。

「いや、そんな深い意味はないんだが……」

ナタリーは少し怒った様子で顔を背ける。

「な、なんかすまん……」

「わかればいいんです！　勘違いする人もいますからね！」

「はあ……」

すると、丁度校舎の鐘が鳴る。授業の終わりを告げる鐘だ。

「――今日の授業は終了よ。あなたたちの実力は見させてもらったわ。次回からはもう少しレベルに合った相手と鍛錬を積んでもらうからそのつもりで。以上、解散」


「どうだったよ、ノア」

「まあ魔術よりは苦手だな」

「何回も転がってるナタリーちゃんを見たらそうとは思えねえけどな……」

「そういうお前はどうだったんだ？」

「俺か？　俺はまあ結構格闘は得意だぜ」

そう言ってアーサーは自分の腕をポンポンと叩く。

「素手だけだったらノアともいい勝負できるかもしれねえぜ？」

「はは、魔術師が何言ってるんだよ。お前の魔術が相手の魔術を封じる魔術だったら話は別だけどな」

「ははっ、そんなチートみたいな魔術あるわけねえだろ――」


「新入生えええぇぇぇぇぇぇぇ！！！」


「!?」

突然、訓練場の入口付近から特大ボリュームの叫び声が聞こえる。

空気が震えるほどの大声に、その場にいる全員が咄嗟に耳を塞ぐ。

声の方――入口には、二メートル近くはあろう巨体の大男が、仁王立ちで腕を組んで立っていた。その横には、すらっとしたポニーテールの女性も頭を抱えるようにして立っている。

「――っつう……ばっかでけえ声だな…………おいおい、なんだなんだ？　何かの余興か？」

「どうだかな」

大男はその場にいるAクラスの一年生、ほぼ全員をぐるっと見回すと、ニヤリと笑みを浮かべる。

「チャレンジタァァァァイムッ！！！」

「はあ……？」

「魂見せてみろやッ！！！　岩操魔術――」

「なっ……!! おいおいおいおいおい!!」

大声を出しながら、大男は両腕を地面に叩きつける。

激しく光る魔術反応。地面に浮かび上がる魔法陣。

その場にいる誰もが咄嗟に理解する。これから――――攻撃される!

「〝ノックアップ・インパクト〟!!」

刹那、地面から無数の岩が隆起し、俺たちに襲い掛かった。

「何だ何だ何だ!?」

「三年の…………ドマ先輩……!」

「くっ……あぁぁあぁぁ!!!」

阿鼻叫喚の画。この場には授業が終わった直後のAクラスメンバーの半分近くがいる。大男――ドマの魔術は超広範囲攻撃。辺りを一斉に攻撃する、ルーファウスの氷を上回る広さの無差別攻撃だ。

まるで波のように脈打つ岩の塊が、ドマを中心に波状に広がる。

「くっ……舐めるな!」

「うおおお!!」

一斉に発動する魔術の数々。

剣を抜く者、拳を握る者、本を開く者……それぞれがドマの魔術に対抗しようと反応する。

「くっそ……! いきなり何だってんだ!」

アーサーも焦った様子で魔術を発動し始める。

岩操魔術……。範囲も申し分ない。これだけの範囲魔術にもかかわらず威力が一定以上あるのは中々の魔術師だな。さすが上級生といったところか。

——だが、まとめて全員を相手にしようなんて無謀すぎる。範囲に力を注いでるせいで威力も勢いも一定以上とはいえそこまでじゃない。この程度じゃ俺には足止めにもならん。何が目的かは知らないが……。

俺は勢いよく迫る岩を見据える。

さながら波のように隆起し、爆音と振動を立て迫るそれが俺の眼前に迫り、遂に俺の胴体を貫こうとした刹那。

俺は一瞬にして電撃を放ち、岩を粉々に粉砕する。

衝撃で風が吹き抜け、パタパタと制服がはためく。

「おぉ……？」

辺りでは様々な魔術が入り乱れ、煙が舞い上がる。

「いってえ……」

「くそ……衝撃が……」

「何て威力ですか……！」

周囲を見回すと、魔術で攻撃を捌き切れず、うめき声を上げる多数のクラスメイトたちが地面に伏していた。

「あっぷねえ……けど……きっつ……！」

「大丈夫か？」

「あ、あぁ……少し食らっちまったが……」

隣に立っていたアーサーは、何とか魔術で捌いたようだが、飛び散った破片が運悪く直撃したようで腹の辺りを押さえて僅かに苦しそうな表情を浮かべる。

それでも、他の所で転がっているクラスメイトたちよりはマシな部類だ。

「ちょっと……ドマやり過ぎじゃない？　新入生にあなたの攻撃耐えられるわけないでしょ……」

「ハッハァ！　チャレンジタイムと言っただろう！　俺に認められるチャンスだ！　新入生の力を知るにはこれが手っ取り早い！」

「何のために歓迎祭があると思ってるのよ……」

ドマの隣に立つ女性は呆れたように肩を竦める。

「そこまで待てるか！　新鮮なうちに今年の新入生の実力を見たいだろ」

「その気持ちはわからないでもないけど……やり方が強引過ぎるのよ。それに全員いるわけじゃないじゃない」

「とりあえずここにいるだけでも十分！　思い立ったが吉日！　――俺たちは魔術師、そうだろう？」

「まったく意味わからないんだけど……。本当計画性も何もないのがタチの悪いところよね、あなたの。たまたま居合わせただけでいきなり攻撃しかけるとか……新入生可哀想」

「それに──」

ドマはニヤリと口角を上げ、こちらのほうを見る。

「少々骨のある連中がいるようだ」

「いきなり何!? ──急に呼び出してごめんね、フェアリーちゃん……！」

「奇襲だなんて、強者の務めね。私の炎の前に立っていられるものなんていないわ」

ニーナの周囲には三体の下級精霊・フェアリーが飛び交っていた。

咄嗟の攻撃だったからか、以前のシルフのような高位の精霊は召喚しきれなかったようだが

それでもフェアリーだけで攻撃を耐え抜いたのはさすがだな。

そして相変わらず強気のクラリス。ヴァンの前と本当に態度が違うな。

「大丈夫か、二人とも」

「何とかね。急すぎてびっくりしちゃったよ」

「あなたに心配されるいわれはないわ。……ま、あなたも当然ピンピンしてるわよね。そうで

なくちゃつまらないわ」

「ハッハッハ！　確かにAクラス全員がここにいるわけじゃないみたいだが……チャレンジタ

イムを物にした奴らがこれだけいる!!　悪くない……悪くない結果だ！　中でも特に──」

ドマは俺のほうをじっと見据えると、楽しそうに破顔させる。

「そこのお前ええ！」

うより、必要最小限の力でしのいだと言うべきか。このクラスでもなかなかできる奴だと見た」

「あぁ。全員の反応を見ていたが……お前だけ明らかに手を抜いてさばいていた。いや、とい

「……俺っすか？」

「はあ、どうも」

「なんだ、褒めているのに淡泊な奴だな」

「このクラスで一番とかには興味ないんでね。俺はこの学院で最強のつもりですよ」

俺の発言に、一瞬ドマはポカーンとした表情を浮かべるが、すぐに思い切り身体を仰け反らせ、大声で笑いだす。

「ガッハッハッハッハ!!」

「……めっちゃ笑ってるけど……壊れちまったか？　あの先輩」

「さあ」

「――あぁ……いやあ、いいねえ！　新入生はそれくらいじゃないとな！　自分こそが最強、自分こそが絶対！　これから自分より強い上級生といくらでも出会うんだ、今くらいはそう思っていなきゃ……いや、そう思い込めるくらいじゃなきゃ魔術師は務まらないよなあ！」

すると、ドマはニヤっと今までで一番不気味な笑顔を浮かべ、パチパチと拍手を送る。

「合格、合格だ!!　お前こそ俺が求めていた新入生だ!!」

「そりゃどうも」

ドマは制服を脱ぎ去ると、上半身裸でゆっくりと俺のほうへと歩き始める。

「きゃあ！」

ニーナはその裸に悲鳴をあげる。しかし、ドマに羞恥心はない。

「その自信に敬意を表して！　今ここで!!　決めようじゃないか……！！！　俺とお前、どちらが強いか!!」

「おいおい、ノア、何かやばいことになってるぞ!?」

「ノア君……上級生はさすがに……！」

「ふん、ノアならやれるでしょ。私と同じ側の人間だもの」

「ク、クラリスちゃんまで……」

ドマ……実力は低くはない。性格は脳筋、恐らく戦闘スタイルは魔術でごり押しか。その証拠にあれだけの大規模魔術を放って魔力欠乏に陥っていない。魔力量は十分か。

悪くない。名前の知れている先輩らしいし、俺の力を試すにはうってつけか。

「――やりましょうか、先輩。いきなり攻撃してきたんだ、ここでやり返されるのも想定のうちでしょ」

「笑止!!　だが、良し！　イキの良い新入生で感激だ!!　ともに踊ろう!!　さあ、さあさあさあ!!　いざ――」

「ストップ!!　ストップストップ！」

と、不意にドマの横に立つ女性が大声を上げ手をパンパンと叩く。

その音に、ドマは不機嫌そうな顔で女性を睨みつける。

「……何だナタリア。水を差す気か？」

「何だじゃないでしょ……。これ以上はハルカたちが黙ってないわよ」

「むぅ……自警団(ヴィジランテ)の連中か……。確かに少し騒ぎ過ぎたか。騒ぎを聞きつけたらどこへでも顔を出すからなあいつらは……」

そう言い、ドマは少し名残惜しそうな様子で戦闘態勢に移りかけていた身体を正す。

思ったより聞き分けがいいな。その自警団とやらがよほど厄介なのか？

「いいんすか、戦わなくて？」

「ハハ！　機会はまだある。今日はイキの良い新入生を視察にきたのだ、名残惜しくはあるが……お前をわからせてやるのは今日ではないようだ」

「十分やり過ぎだけれどね……」

「正面からぶつからなければわからないこともある！　お前の本気とやらは別の機会に見せてもらおう。今日は撤退だ！　自警団(あいつら)とやり合うのは少々面倒だ」

「だったら最初から暴れないでよ……あなたを制御するの本当一苦労だわ……」

二人はそう言いながら踵を返す。

が、入口でピタリと止まり、ちらっとこちらを振り返る。

「——そうだ、お前の名はなんだ？」

「ノア・アクライト」

「アクライト……聞かん名だな。貴族でもなし、名家でもなし……実に良い!!　俺はベンジャミン・ドマ！　覚えておけ、新入生!!　アッハッハッハッハ!!」

こうして突如現れたドマという大男は、嵐のように去って行った。

取り残された訓練場には、十数名が未だぐったりと座り込んでいる。

「な、なんだったのかな……」

ドマが去り、急に静かになった訓練場でニーナが唖然とした様子で出口のほうを茫然と見つめる。

「さあな。何だか行き当たりばったりで突撃してきたみたいだったけどよ」

「おいおい、そんな気まぐれでこんな攻撃されちゃ敵わねえよ……」

「ふん、だらしないわね。あのくらい挨拶みたいなものじゃない」

「クラリスちゃんは強いねえ……」

イテテっとアーサーは鳩尾の辺りを擦る。

「まあでも、ある意味挨拶ってのはあながち間違いじゃねえな。本当にすぐ帰って行ったしよ……。それに、何かノアと戦おうとしてたな」

「あぁ。どうせならここで戦ってみたかったけどな」

「お前なら万が一にも勝っちまいそうと思えてくるよ……。でもあの人はかなり有名だぜ？　ドマ家……俺が目標とする魔術の名家さ」

「有名なのか？」

アーサーはコクリと頷く。

すると、横からニーナも顔を出す。

「私も知ってるよ。岩操魔術のドマ家……その長男がこの学院にいるとは聞いてたけど、まさかあそこまでとはね……」

「いいじゃねえか。あれくらい面白い人がいねえとな。この学院に来た意味ねえよ」

「物好きね……ま、そうじゃなきゃ務まらないものかしら」

そう言ってクラリスは何やら一人納得する。

「とにかく、勝ちそうと思えてくるっつっても、あのドマって先輩はルーファウスなんて相手にならないレベルの強者だぜ？　正直あそこで帰ってくれて俺はほっとしたよ。さすがのノアも相手が悪すぎるぜ……」

「やってみなきゃわからねえさ。ま、俺が勝ったと思うがな」

「本当ブレないなお前は」

「私もノア君なら勝てると思うよ……！　ドマ先輩相手でも」

「そしてニーナちゃんの相変わらずのファンっぷり。……ま、確かにトップを目指してるんだ、ノアくらいの気持ちでいかねえとダメなんだろうな」

そう言ってアーサーはパチンと自分の頬を叩く。

「――ふぅ。俺も気合入れねえと！　ノアの力見たり、ドマ先輩の魔術に押されたり、少し俺は弱気になってたみてえだ。だが俺は我が一族を名家として復興することを目指してんだ……！　俺だって誰にも負けねえ！」

「はは、その意気だぜ。それでこそだ」

「はっ、お前もいずれ倒すからな！」

「ちょっといいかな？」

と不意に声を掛けられる。

目の前には、長い黒髪をポニーテールにしたすらっとした女性。そしてその後ろには二名ほどのむすっとした男が立っている。

「……なんです？」

「見たところ何かあったようだが……」

と、女性はまだ少し苦しそうに座り込む他のクラスメイトたちを見て言う。

「あー、ちょっと嵐に巻き込まれまして」

「嵐……？　詳しく聞かせてもらおうか。訓練場で非公式な魔術戦が始まっていると通報があってね」

「通報……？」

「私たちは自警団（ヴィジランテ）。この学院の治安を守るものだ」

この人たちがさっきドマが言っていた自警団か。ということは、別に学院公式の組織ではないと。だが、自分たちでヴィジランテと名乗るほどだ、魔術には自信があるのだろう。

そして恐らくこの女がハルカ……この国の名前じゃないな。腰に下げた剣も、刀という島国の剣だ。面白いな。

「あーやっと来てくれたんすね！　遅いっすよ登場が！　見てくださいよこの倒れてるクラスメイト達を！」

「派手にやったたな。……新入生で、しかも入学間もないこの時期にここまで暴れるとは」

「？　何か勘違いしてないっすか……？　な、なあノア？」

「あぁ。ヴィジランテだか何だか知らないっすけど、俺たちは何もしてないっすよ」

ハルカはポニーテールを揺らし、ギロリと俺を睨む。

「――ほう、それは私たちに対する挑発と取っていいか？」

「なっ……なんでそんな――」

刹那、風圧が吹き抜ける。

瞬きほどの僅かな間で、腰の鞘から刀を引き抜き、加速した刃は俺の顎下目掛けて最短の軌跡を描く。

「ノア君ッ!!」

しかし、異変を感じ取り、ハルカの冷ややかだった目が僅かに険しくなる。

振りぬいた刀は空を切り、何もない空間にただ突き出されていた。

「…………何……？」

「俺らじゃないっすよ、先輩。刀下ろしてくれないっすかね」

俺は一瞬にしてハルカの背後を取る。足元には焦げ付くように黒く俺の軌跡を残している。

背後の気配にハルカは反応し、くるっと身体を反転させ、刀を正面に構え直す。

「ほう……私の居合を初手で見切るか。――ということは、貴様だな。この生徒たちを傷つけたのは」

「ち、ちがいますよ先輩！　ノアがやるわけないじゃないっすか！」

「そうですよ！　ノア君はそんな人じゃないです！」

これ以上話をこじらせるのも面倒くさいな……。自警団っていうくらいだ、一応は正義の側なんだろう。目立つことは大いに結構だが、悪名を広めたいわけじゃねえしな。

俺は両手を上げ、ヒラヒラと泳がせる。

「俺じゃないっすよ。ドマって奴が暴れてったんだよ」

「ドマ……？　ベンジャミン・ドマか？」

俺はコクリと頷く。

ハルカはドマの名前に少し考え込む。

「……なるほど、確かにあの大男ならやりかねないか……。それによく見ると散らばっている岩の欠片……ふむ……」

そう言い、ハルカは刀を鞘にしまう。

「ふぅ。どうやら勘違いだったようだ。すまないな。詳しく話を聞かせてもらえるか？」

「はあ～疲れたな」

一日の授業が全て終わり、夕食後俺とニーナは寮一階のソファーに座りゆったりとくつろぐ。

「昼のは流石にびっくりしたね」

「あぁ。だけどなかなか退屈しなさそうだな。あれが上級生ね……結構曲者ぞろいって感じだな」

「あはは、全然動じてないあたりさすがノア君だね」

ニーナは眉を八の字にして笑う。

「ドマ家の長兄は破天荒って噂になっていたけど、予想以上だったし、それにあのヴィジランテって人たちもかなり武闘派って感じだったね。まさかいきなりノア君に刀向けるなんて……」

「はは、好戦的なのもおもしれえじゃねえか。……それに、あんだけの騒ぎだったのに、いつも通りの事件って感じの対応だったしな。きっとこの学院では魔術での衝突はそう珍しいものでもないんだろ。いろんな立場の奴がいるみてえだからな」

結局俺たちの話を聞いたハルカたちはドマの名前を出すとあっさりと納得し、ダメージが重い奴がいたらついて来いと言って治療室へと消えて行った。

「……一応気を付けろよ、ニーナ」

「え？」

ニーナは何が良くわからないといった様子でキョトンとした表情をする。

「公爵家ってのは立場的に危うそうだからよ。この学院にはいろんな貴族がいるらしいからな。狙ってくる奴がいたとしてもおかしくねえからよ」

「……うん、確かにそうだね。気を付けないと」

「はは。ま、俺がそばにいるうちは安心しろよ」

「あはは、ありがと。でも自分でも何とかできるようにしないとね。私も頑張るよ！　せっかく反対押し切って入学したんだから！」

「んじゃそろそろ寝るか。また明日な」

「うん、おやすみ、ノア君」

「はぁぁ……眠い眠い」

俺はポリポリと頭を掻きながら、だらだらとベッドへと歩く。

「はは、お疲れだねノア君」

部屋ではルームメイトのリックがベッドに横になり、本を読んでいた。

この学院に来て二日目が終わろうとしていた。

「まあぼちぼちな。やっぱ人が多いといろいろあるな」

「噂は聞いたよ。Aクラス大変だったみたいだね」

「へえ、噂になってたのか？」

リックは頷く。

「自警団（ヴィジランテ）……彼女たちが来たらしいね」

「ああ。自警団を知ってるのか？」

「有名だからね。この学院は色んな身分や力を持った生徒たちがいるでしょ？　だから、結構争いごとも絶えないみたいで……。でも、学院側は競争主義だからあまりそれに干渉してこないらしくて」

「干渉してこないねえ。学院側もそういう事態を黙認してるってか。弱肉強食であることは願ったり叶ったりってわけだ」

「まあそういうことになるかもしれないけど……」

リックは少し濁すように苦笑いを浮かべる。

「で、それで学生の側でせめて治安を守ろうと発足されたのがヴィジランテというわけさ。現団長は三年のハルカ・イチノセ。刀を使う美女って話だよ」

ハルカ……あのポニーテールか。確かに刀を使った戦い方は常人離れしていたが、魔術はまだ見てないな。だが、少なくとも素であの力なら、魔術を使えばさらに強くなるだろう。

やたら簡単に後ろを取れたが、あれは確実に俺を新入生と甘く見てた節があるな。

「あ、その顔は会ったみたいだね。なんでもAクラスの人とひと悶着あったみたいだけど

「……………ノア君じゃないよね？」

「いや、俺だぜ？」

「だよね、さすがに——ってええ!?　ノア君だったの!?」

俺はベッドに横になりながら適当に相槌を打つ。

「ま、すぐに誤解は解けたけどな」

「そ、そうなんだ……。意外とノア君って強者だったりするの……？」

「まあな」

「あはは……凄い自信だね。羨ましいよ」

「リックだって弱くてこの学院に来たわけじゃねえだろ？　ま、お前の力をまだ見てないからわからねえけどよ」

「ぼ、僕は気が弱いほうだからね……。すごいな、あのハルカ先輩に怯まなかったなんて」

リックは苦笑いしながら本を閉じる。

「そんな大層なことじゃねえさ。でも、リックの口振りだとこの学院ならこんなことはいくらでも起こるんだろ？　いちいち怯んでたら卒業できねえぜ？」

「そうだね……僕もいろいろ気を付けないと」

「あぁ……ふぁあ……」

俺はたまらず欠伸を零す。

薄暗い部屋が、俺の眠気を誘発しているようだ。

「あ、眠そうだね、ごめん。寝ようか」

「だな……お休み、リック」

「お休み、ノア君」

こうして夜は更けていった。

◇◇◇

「いやあ、すげーなここ……」

「そうだね。私初めて見たかもこういうの」

アーサーとニーナは興味深げに口をぽかんと開け、周りをキョロキョロと見回している。

学院の地下。そこには、魔術で障壁を張られた巨大な空間があった。恐らく、転移魔術を完璧に使いこなせる魔術師がいたとしても、この空間には直接入ることはできないだろう。それだけ強力な障壁だ。

この学院にはそれだけ優秀な障壁魔術師がいるようだ。さすがはエリート校と呼ばれるだけある。

そしてこれだけ強力な結界が張られているということは、それだけ厳重にする必要があるということだ。恐らく生徒たちも誰も気付いていないし、俺たちを先導する先生も二重結界として説明していなかったが、正確には四重になっている。

生徒たちにも偽の情報を掴ませる徹底っぷり。下手をするとこの先生自体この結界が二重だと信じ込んでる可能性もある。

そして一体何がこの空間にあるか。それは――

「グオオオアアアア！！！」

「ガアアア!!」

「グルルルル……」

獣の唸る声と、ガンガンと響く鉄の音。生臭い匂いと、血の匂い。

「ひぃ！」

「おいおい、びっくりしすぎだぜニーナ。檻の中だぜ？」

急に檻に衝突したモンスターにびっくりしたニーナが、慌てて身体を仰け反らせたのを、俺は両肩を掴んで受け止める。

「ノ、ノア君……。そうは言ってもこれはびっくりするよ！　モンスターなんて滅多に見られるものじゃないし……」

「甘いわね。私みたいな冒険者はこんなもの見慣れてるわよ」

「そっか、クラリスちゃんはそうだよね」

そう、この地下空間には、大量のモンスターが檻の中で飼育されていた。

オーク、ゴブリン、ライガ、ゴーレム、トロール、サイクロプス、スケルトン、キマイラ、ケルベロス、エトセトラ………。

Ａ級以上の特に強いモンスターはこの階層にはいないが、結構な種類のモンスターが収容されている。

その用途は多岐に渡り、俺たち生徒の訓練、魔術の研究、使役の研究、錬金術の研究――などなどらしい。確かに人間で実験や訓練をするわけにもいかない。

そういえば、Ｂ級のクエストでモンスターの捕獲をし、王都の卸業者に納品するというクエストを何回かやった記憶がある。こういったところに売られていたんだろうな、あのモンスターたちは。

ただ、どのモンスターも矯正されているのか、野生ほどの荒々しさはない。ライガなんか人間を見かけると目を光らせ牙を剥き出し吼え始めるのだが、ここのライガは比較的大人しく座っている。

一方で、さすがにＢ級以下のなかで上位の脅威度を誇るトロールやサイクロプスなんかは他のモンスターより厳重に檻の中に閉じ込められており、中には手錠を掛けられている個体もいる。時折中から激しい殴打の音と、低く唸る声が聞こえてくる。

そして、Ｂ級以下で最も恐れられるケルベロスとキマイラ。その力はもはやＡ級に近いと言われている二種だ。カテゴリーがＢ級のため冒険者の任務もＢ級クエストとして発注されるが、その強さによりＢ級以下の冒険者ならだれもが避けたがるモンスターたちだ。それらの檻だけはその中でも更に厳重で、もはや何が中にいるのかわからず、ネームプレートだけが奴らの存在を物語っている。

「よし、好きに見学していいが、檻の中のモンスターには触れるなよ。以前ゴブリンの檻を勝手に開けたバカがいたが、どういう処分をされたかは想像通りだ。まあ、処分の前にゴブリンに寄ってたかられて………まあこれ以上は言うまい」

その発言に生徒たちは気を引き締め、散り散りになる。

俺たちはアーサー、ニーナ、クラリスで固まり、辺りを散策する。

「――あれはオークね。とにかく好戦的で、繁殖力も高いから群れでいることが多いわ。基本的に森に住んでいることが多いわね。モンスターの中ではかなり人間に近いけど、攻撃は単調よ。オークにさらわれるという事件が頻発しているから、オークの討伐という任務は初心者冒険者には登竜門みたいなものなのよ」

「へえ、さっすがA級冒険者。モンスターに詳しいねぇ」

「当然でしょ？」

クラリスは満更でもない様子で胸を張る。

「ニーナも召喚術を使うし、モンスターには詳しいんじゃないか？」

するとニーナはブンブンと首を振る。

「そんなことないよ。確かにモンスターも本とかで知識はあるけど、実際に見たことは殆どないからね。それに私の契約って基本精霊系が多いから」

「そういやそうか。シルフもフェアリーも精霊だったな」

「そうそう。でもモンスターには興味あるんだ。いつかは私も使役しなきゃなって思ってるから、こういう所があるのは凄い参考になるよ」

「はは、いいねえ。モンスターは油断してるといくら下位レベルだとしても殺される危険があるからな。知識を持っておくのに越したことはない」

「へえ、その口ぶりだとノアもモンスターには結構詳しいのか？」

アーサーは檻の中を眺め、うげえっと気味悪そうな顔をしながらそう俺に問う。

「まあな。ローウッドは田舎だから、モンスターはそこら中にいたよ」

「へえ〜そういうのもお前の魔術の源になってるのかねえ」

そんなことを話しながら、しばらく散策していると、檻を見つめ、腕に本を抱える一人の女性を見つける。クラスメイトではない。ということは、恐らくは上級生だろうか。

その女性は珍しい香りを漂わせていた。マンドレイクの香り……この匂いをかぎ分けられるのは俺くらいだろう。手に持った本も錬金術関連のようだ。かなり年季が入っている。錬金術嗜りたて……と言うわけではないだろう。

すると、その女性は俺たちに気付いたのかこちらを向く。

「……あら、新入生かしら」

長い茶髪に、虚ろな瞳。目の下には隈ができている。

「えーっと、はい！　私たち新入生で……ちょっとここを見学に……」

「あなた……レイモンド家の……」

「え、知ってるんですか？」

「この国で知らない人がいるほうが驚きだわ。私は三年のセレナ・ユグドレアよ」

その不健康そうな女性、セレナ・ユグドレアは僅かに笑顔を見せた。

「何してたんですか？」

「ふふ知りたい？」

ニーナは興味深げに頷く。

「可愛い子ね。モンスターの研究と飼育をね」

「へえ、ここでモンスターの研究……凄いですね！」

話を聞くと、このセレナという女はこの学院の三年で、この地下施設に入り浸ってはモンスターの研究をしているということだった。

セレナは隈をぶら下げた目でニーナを見る。

「ふふ、そんなはしゃぐようなことじゃないわ。モンスターに詳しいソルファ先生に頼み込んでね。三年は殆ど授業はないから、皆それぞれの研究や修行に没頭してるのよ」

「へえ……」

「あなたの専門は錬金術っすか？」

俺の問いに、セレナは嬉しそうに手を合わせる。

「あら、良くわかったわね」

俺はセレナの持つ本を指さす。

「その本。前に見たことがあってね。錬金術には実験台が必要だからな。モンスターを学ぶのもその一環かと思ってね」

「ふーん、錬金術なんてマイナーな魔術は余り知名度がないと思っていたけど」

「錬金術は他の魔術と違って公式を知っていさえすれば誰でも再現が可能だからな。俺みたいな平民出の魔術師にはなじみ深いんすよ。貴族とかだったら回復術師が医者としてくるんだろうが、ああいう田舎は錬金術師が薬作ってたりしますからね」

「へえ！　私のところは専属の回復術師だったな……違うもんだね」

「回復術師は結構希少だからな」

「あなた平民なのね。名前は？」

「ノア・アクライト」

するとと、セレナは何やら一瞬その虚ろな目を僅かに見開く。

そして、あーっと声を漏らす。

「そう言えばドマさんがとある新入生のことをえらく気に入っていたけど。確か名前が……」

セレナさんはうーんと頭の奥にある記憶を引っ張り出すように視線を上に上げる。

「そう――ノア……だったかしら。もしかしてあなた？」

「あの大男から聞いたんだったら、俺かもね」

「すごいわね。あの人、新入生に興味ある癖に扱いが悪いから相手を怪我させて勝手に失望したりするのよ。簡単に言えばタチが悪い」

「あはは……確かにドマ先輩のあれはいきなりでしたね……」

ニーナはあの件を思い出し苦笑いを浮かべる。

「そう。だからまさかあの人が気になるっていう人が出てくるなんて思ってなかったから。……あなたもかなり優秀な魔術師なのね」

俺は肩を竦める。

「まあな。少なくともあのドマって先輩の見る目は悪くない」

「ふふ、面白い子。あなたのことも覚えておくわ。――それで、ニーナちゃんはモンスターに興味があるの？」

「はい！　私召喚魔術を使うから、モンスターとかの知識も必要だと思っていて……それで勉強してたんですけど、本物ってあまり見たことがなくて」

「そうなのね。レイモンド家の召喚術は有名だから、私も知ってるわ。確かにモンスターの知識を持っておくことは重要ね。――だったら私たち仲良くできそうね。モンスターについて興味があるなら私に聞いてくれればなんでも答えるわよ」

「ほ、本当ですか⁉　ありがとうございます！」

確かに実物を見たことがないってのは大きなハンデだ。今後モンスターと契約を結ぶにしても、モンスターを知らないとそう簡単に行くものじゃない。ましてやただ紙で得た知識だけじゃどうにもならないこともある。

俺でも教えることくらいは可能だが……戦闘の中で得た俺の知識はやや偏りがある。専門的に学んでいるこの人から教わったほうがタメになるだろう。

「あー、じゃあせっかくだし話聞いていけばいいんじゃねえか？　丁度自由時間だし。俺はここら辺でのんびりしてるからよ。アーサーもクラリスもどっか行っちまってるし」

「そ、そう？　じゃあちょっとお言葉に甘えて……」

「――ただし」

俺の言葉に、ニーナが振り返る。

「モンスターは甘く見ないことだ。下手に触れようとするなよ。……ま、そこらへんはそっちのセレナ先輩が詳しいだろうけどな」

「うん、気を付けるよ。ありがと！」

こうしてニーナは檻を巡りながら、熱心にセレナの話に耳を傾ける。

俺はその近くで、適当にぼんやりと二人のやり取りを眺めながら時間を過ごした。俺にとってはモンスターは今更という話だ。冒険者の頃に嫌と言うほど戦ってきた。

二人は時間いっぱいモンスターのことについて話を続けていた。王都周辺の生態系や、北と南のモンスターの性質の違い。北の山にいる〝白き竜〟と呼ばれる最強のドラゴンや、他の国のモンスターなど……。この階層にいるモンスター以外の話もいろいろしているようだった。

既にニーナも知っているゴブリンやオークなども実物を見ながらより詳しい情報を教えてもらっているようで、ニーナは目を輝かせて話を聞いていた。

「――あ、もう時間みたいです」

「あら、早いわね」

「そうですね。もう行かないと……」

ニーナは名残惜しそうに口を尖らせる。

それを見て、セレナは頬を緩ませる。

「ふふ、またいらっしゃい。ここは許可が必要だけれど、私はこの階層までなら自由に立ち入れるから。私が同伴するという条件付きならきっと先生も許してくれるわ」

「いいんですか？」

「もちろん。純粋にモンスターについて学びたいのなら大歓迎よ」

「あ、ありがとうございます！　よろしくお願いします！」


ニーナとセレナは次もまたモンスターについて教えてもらうと約束し、別れた。

集合の合図が掛かり、クラスメイトたちが徐々に入口に集まってくる。離れていたクラリスやアーサーも、いつのまにやら集合していた。

「参考になったか？」

「うん！　やっぱり本だけじゃわからないことだらけだね。これだけでもこの学院に来てよかったと思えるよ」

「はは、大げさな気もするけどな。まあ良かったならそれでいいさ」

「セレナさんも優しそうな人だし、私の召喚術のためにもいろいろ教えてもらうよ」

そう言って、ニーナは楽しそうに笑った。

◇◇◇

「あのセレナって奴との交流は続いてるのか？」

俺はスープをすくい、ふぅふぅとさましながらニーナのほうを見る。

地下施設のモンスターの檻を見学に行ってから数日が経った。俺たちも大分学院に慣れてきて、もう変にアーサーが道に迷うこともない。

ルーファウスの奴もすっかり俺に絡んでくることはなく（もちろんすれ違うたびに睨みつけられはするが）、どうやらそうとうあの一戦が堪えたらしい。時折夜に散歩していると、ルーファウスが一人で修行している姿も見かけるし、あいつなりに何か考え方に変化があったのかもしれない。それならニーナの思った通りの変化だな。やっぱりあいつは強くなるかもしれない。

そしてもはやお決まりとなった朝食の時間。毎日別の物を食べることができ、献立も日ごとに変わるという豪華さは、成長期の俺たちにはありがたい。シェーラの料理ももちろん好きだったが、それとこれはまた別の話だ。

元来朝起きるというのは得意ではなかったが（シェーラが強引に布団に潜り込み起こしてくるというのが日課だった）、朝食を食べたくて朝起きられていると言っても過言ではない。

リックも俺が早めに起きるようになって一安心していた。

ニーナはパンを手に取りながら俺のほうを見て頷く。

「うん、凄い勉強になってるよ。自分だけじゃどうしてもモンスターを直接観察するって機会はないからね。特にあの頑固なお母さんがモンスターを見に行きたいなんて許すわけなかったから……」

「ま、確かにそういう機会はそうはねえよな。クラリスみたいに冒険者だったら腐るほどあるんだろうがな」

「そうなんだよねえ。改めて冒険者って職業の人にいろいろ頼ってるんだなって実感したよ。クラリスちゃんに感謝しないと。――あむっ」

言いながら、ニーナはパンにもぐっと齧りつく。口いっぱいに頬張り、幸せそうに噛み締めている。

「で、どんな話するんだ？　少し興味あるぜ」

ニーナは口いっぱいだったパンを急いでもぐもぐと咀嚼すると、勢いよく飲み込む。

「――ぷはあ、いろいろだよ！　第一階層しか見て回れないから、それほど上位のモンスターについては学べないけど、私にしたらそれだけでも十分刺激的」

「へえ。確かにあそこを自由に見て回れるのは勉強になるかもな。モンスターの弱点とか習性を教えてくれるのか？」

「そんな感じかな。観察してないとわからないような癖だったり、警戒心の差だったりね。後は——生息地とか、モンスターの部位から作れる薬とか豆知識とか……」

そう、ニーナは指折り数えながら興奮気味に話す。

どうやらかなり心酔しているようだ。三年生……授業も殆ど終わり研究がメインと言ってい
た。そりゃ知識も豊富になるというわけか。先生に認められて地下施設に自由に出入りできる
時点でかなり優秀だとは思っていたが、ニーナが言うならなかなか逸材なのだろう。

「——ま、ニーナが気に入ったならいいさ。召喚術を使っていくならモンスターの知識は必須
だからな」

「うんうん」

「あー、そういやモンスターと言えば、そろそろ初めての大規模な演習があるんじゃなかった
か？」

すると、一心不乱にハムにくらいついていたアーサーがやっと顔を上げる。

「あれ……それなんだっけ？」

「ええ、アーサー君忘れたの？　課外演習だよ」

「課外演習………あ〜、言ってたな、担任が」

アーサーはやっと思い出したという風に、大げさに頷く。

「王都から西のほうにある〝リムバの森〟の一部は学院が保有していて、そこにこの間の地下
施設にいるモンスターを放ってそれを狩るんだって」

「なるほど、狩りねえ」

狩猟大会みたいなもんか。いい趣味とは言えねえが、モンスターを倒すことに慣れるのは大事だ。魔術師なら避けては通れねえだろうな。戦闘専門の話だが。

「野生じゃないのはさすがに俺たちへの配慮か？」

「だろうな。俺レベルなら造作もねえけど、貴族とか名家なんていう十中八九対人しか学んでない連中は、そもそも命のやり取りに慣れてないだろうからな」

「命の……」

アーサーがごくりと唾を飲み込む。

「んな大げさなもんじゃねえけどな。ただ、野生の、それも命を懸けた戦いとなると普段の力を存分には発揮できないのに加えて、手負いのモンスターはこれで結構手ごわい。捨て身で来るからな。それが余計な事故にも繋がるから、野生じゃないってのは妥当なところだろ」

俺の発言に、アーサーはうげえっと苦い顔をする。

「……野生は怖えな……。ノアが言うならその通りなんだろうな。確かにいきなり冒険者の任務に連れていかれてモンスター退治だって言われてすぐに対応できるかわかんねえもんな……。あらかじめ練習を設けてくれるのはありがてえ」

王都から西にあるリムバの森。恐らく俺が入学試験前に、最初に間違って降り立ってしまった場所だろう。どうりで殆どモンスターの気配が感じられなかったわけだ。学院に管理された森だったわけね。一区画がこの学院によって保有されているということは、恐らく日頃からあの森は魔術師（あるいは依頼した冒険者？）によって治安を維持されているのだろう。

何か学院で広大な土地を使いたいときに利用しているということか。金持ちだな。

「まあでも楽しみだな。モンスターと戦うなんて機会ないからよ」

「そうだね。私も楽しみだなあ」

「はっ、楽しむのは結構だが、注意はしろよ」

「ああん？　だっていわゆる養殖だろ？　野生のモンスターじゃねえならそれほど危険でもなくねえか？　俺たちならやれるぜ！」

「おいおい、モンスターを舐めてると痛い目見るぞ？　年間どれだけモンスターによる犠牲者がいると思ってんだよ。冒険者がいなきゃあ、今頃壊滅してる村は腐るほどあるぜ」

「そうだろうけどよ…………いや、確かにノアの言う通りか。俺たちには縁がなくてあんま意識したことなかったが……いざ目の前にして殺せるかってのは別問題だよなあ」

「そういうこと。あいつらは加減を知らねえからな。それに、一体一体は雑魚でも群れを作って、一気に襲い掛かってくる奴らもいる。油断は命取りさ、いくら養殖でもな」

ニーナとアーサーはお互いの顔を見合わせ、軽く身震いさせる。

「ひええ、そんな死に方はごめんだな」

「そうだね……でも、ノア君に頼ってばかりもいられないし。それに、私たちの力を証明するチャンスでもあるよアーサー君」

「そりゃそうだ！　ここんところノアにばっか注目集まってっからな。十分注意して、今回こそ俺たちの実力を見せつけてやろうぜ！」

アーサーとニーナは、意気揚々と拳を突き上げ、オー！　と声を揃える。

本当にわかってんのかねえ……と思いつつ、結局は何かあれば俺が守ればいい話だ。二人の力も見てみてえし、あまり肩ひじ張る必要もねえな。

モンスターなんて倒し飽きたが、他の奴がどう倒すのかは気になるところだな。少しは楽しみになってきた、かな。

「リムバの森で行われる課外演習。いよいよ来週に迫っているわ」

Ａクラス担任エリスは、腕を組みそう話し始める。

「これは授業というより一つのイベントよ。毎年の恒例行事。歓迎祭前の腕慣らしと思ってもらえればいいわ。野生ではなく、学院で保有しているモンスターを森に放って、それを狩る模擬演習。冒険者任務への予行演習と捉えてちょうだい」

以前から噂になっていた課外演習。それがいよいよ来週に迫っていた。

口ぶりからして、特に難易度の高い狩りを要求されるわけではないのだろう。野生ではないというだけで大分難易度は下がる。

まあ対人を学ぶために来た俺がモンスターを狩る訓練をするのはどうなんだというのはあるが、他の連中はそんな経験ないからな。一応彼らからすれば貴重な体験にはなるから文句はない。

「あなたたちの中でもモンスターを狩ったことがある人はごく少数だと思うわ。冒険者だったクラリスさんとかは慣れてるかもしれないけれど。モンスターと戦うのは良い経験よ。命のやり取りはそれだけ経験値を積めるわ。そう簡単に人間相手にできないことも試せるしね」

エリスの言っていた通り、これは歓迎祭前の腕慣らし。下級のモンスターを狩り、自信を付けたり経験を積む事前演習というわけだ。

「とはいえ、モンスターは人間の脅威となる存在。いくら魔術の腕を認められて合格したあなたたちと言えどまだ新入生。このイベントは、三人一組のパーティ編成、そして討伐の判定と危険時の保護を目的として各パーティにそれぞれ二年の監督生を一名付けるわ。安全を考慮してね。何か質問はあるかしら？」

説明し終わり、エリス先生は俺たちに質問を促す。

すると、一人の男が手を上げる。

「――はい、マウロ君」

「はい。あの……これは毎年行われているんですよね？」

「そうね。冒険者任務に行ってもいきなりモンスター相手にパニックにならないためにね」

「モンスターは下級……僕たちでも倒せるレベルと思っていいんでしょうか？」

「力関係的にはきっとあなたたちでも十分対応できるレベルのモンスターを用意するつもりよ。……ただ、モンスターをなめないことね」

エリス先生の顔が僅かに険しくなる。

「ここ数年で、この演習を行って全員が無傷だったクラスはないわ。毎年数人は負傷者が出る。その要因には、油断や力不足、いろいろあるけどね」

「負傷……」

マウロの顔が引きつり、ごくりと喉が鳴る。

これだけのエリート校と言っても、モンスターは怖いようだ。恐らく下級のモンスターならば一年生の力でも何とかなるだろうが、実物と戦ったことがない分恐怖があるのだろう。

「油断も、慢心もしない。それが大事よ。私から言えるのはそれだけ。油断して相手を甘く見て怪我をすることもあれば、思った以上に戦える自分に血が熱くなって暴走した結果モンスターに取り囲まれ袋叩き……なんてこともあるわ。とにかく冷静に。相手と自分の実力差を見極めること。これは今まであなたたちが主に学んできた対人戦と同じことよ」

エリス先生はふぅっと息を吐き、肩を竦める。

「――ま、ここまで脅したけれど、安心していいわ。うちには優秀な回復術師もいるし、今のところ死者は出ていないわ。そのための監督生でもあるからね」

その言葉に、幾らかの生徒が胸をなでおろす。

「あなたたちが最初の死者にならないことを祈ってるわよ。良くも悪くも、この学院は実力主義だからね。自分のことは自分で何とかするのよ。……まあ、監督生がいるからそれほど危険なことにはならないでしょうけどね」

そうして一通り説明が終わり、パーティの発表がされた。

俺たちはパーティで集まり、お互いの顔を合わせる。

「いや〜やっぱこのメンバーは安心だな！」

「そうだね、先生が見ててくれたのかな？」

「いや、実力を見て決めたんだろ。さすがにそんなフワッとした考えで決めるような学校じゃねえと思うぜ？」

「まあそうだろうけどよ……だとすると俺が惨めになるからやめてくれ……」

アーサーは消え入るような声でそう口にする。

おっと、失敗したかこれは。確かに俺が一番なのは間違いないとして、ニーナも実力は申し分ない。とすると、バランスをとるために入れられたアーサーの評価はおのずとわかる。

「……ま、安心しろよ。たかが数日程度魔術を見たくらいじゃ、俺くらい突き抜けてないと本当の実力はわかんねえさ。今回の演習とか歓迎祭で見せつけてやれよ、お前の実力をさ」

「そうだな…………つーか、やっぱお前も俺と同じ結論に至ったのかよ！」

「はは、まあニーナと俺が一緒って時点でな。悪い悪い」

「はあ……ったく、やる気があってもそれに実力が追い付くとは限らねえか……。モニカちゃんとか才能だけで認められてるしなあ……。いやいや、でも諦めねえぞ！　今回の討伐は絶対に成功させる！　没落名家なんだ、こうなるのはわかってたさ！　そのための学院だ！」

「あはは、お互い頑張ろうね」

意気込み新たに、アーサーは気合を入れなおし、パンパンと両頬を叩く。

アーサーには実力で決まったと言いはしたが、まあある程度の交友関係を見ているのは間違いないだろう。行き当たりばったりのメンバーで連携が取れるほど戦闘は甘くない。職業としてモンスターと戦い慣れている冒険者だからこそ、即席パーティでも対応できるんだ。それを新入生にしろというのは酷な話だ。

ニーナは、全員に配られたパーティ編成の紙を見ながら言う。

「えっと、私たちの監督生は――あっ、二年のセオ・ホロウさんだって！」

「まじか!?」

「へえ、二人のその喜びようは有名な奴なのか？」

「うん、ホロウ家ってかなり名の知れた魔術師の家系だよ」

すると、ずいとアーサーが顔出す。

「ホロウ家も知らねえのか!?　俺でも知ってるぜ？」

「いや、お前は大抵誰でも知ってるだろうが。魔術師マニアが」

「へへ、まあな。でも実際かなりの魔術の名家だぜ？　この間のドマ先輩にも負けずとも劣らない知名度がある」

「へえ、そうなのか」

ということは、この学院でも割と上位の実力者か……。

直接戦ってみたいが……この授業でそういう機会はこなそうだな。

「でもすげえな……もしかしたらホロウ家の魔術を生で見られるかもな……！」

と、らんらんと目を輝かせるアーサー。

「言っておくが、監督生が魔術を使うってことは俺たちがへまをした時だぜ？　そんなこと起こらねえよ」

「お、俺だってそのつもりだよ！　ただ、見れたらいいなってだけで……」

と、アーサーはごにょごにょと言葉を濁す。

「はは、わかってるさ。でも俺はニーナの力は見てえけどな」

「え？　私？」

「召喚術……俺も使えねえし、見たことも殆どねえ。モンスター相手にどれだけ善戦できるか楽しみだよ」

「ふふ、任せておいて。演習は来週だし、土日で魔力を練られるからシーちゃん並みの精霊呼んじゃうから。覚悟してよ、私が全部倒しちゃうかも」

「いいねえ、その自信。楽しみにしてるぜ」

◇◇◇

——夜。

俺は週末の夜ということもあり何となく眠れず、校舎のほうへと夜の散歩に出かける。

夜風が涼しく、月が綺麗な夜だ。ローウッドにいた頃はこうやって夜の森やら山やらを歩いて空を見上げたっけ。田舎も王都も、空は変わらねえな。夜の静さは好きだ。こういう静まり返って風の音だけが聞こえる夜も結構好きだったりする。

校舎北側を進むと、先日の地下施設近くにたどり着く。

相変わらず魔術障壁の気配は禍々しい。本当にモンスターだけなのか……だとしたら下層にはドラゴン級の化物でも眠ってるのか……？　そう思わせるほどの、厳重な障壁だ。

「あら、夜のお散歩？」

「ん？」

月に照らされ、ゆらりと漂う影。

虚ろな瞳と、色濃く浮かぶ目の下の隈。

こんな時間に人に会うということ自体、違和感を覚える事態なわけだが、何故だかその姿は妙にこの場所にしっくりくる。

「あんたは確か……セレナ・ユグドレア……先輩」

「あら、覚えていてくれたのね。嬉しいわ。ノア・アクライト君」

セレナは口角をニコっと上げる。

「こんばんは」

「あら、挨拶がちゃんとできるのね」

薄明りの中、セレナが薄っすらと笑みを浮かべているのがわかる。

「なんすかそのイメージは……」

「ドマさんとかハルカちゃんとのやり取りを聞くともっとツンツンしているのかと思ってね。ごめんなさい、悪気はないのよ」

何か変なイメージが先行してるな。基本ソロでやってきたから対人はあまり慣れてないのが透けて見えるのかね。……まあ突っかかってくる奴には多少煽り癖があるのは事実だが……そういうのが伝わってんのかな。

俺は肩を竦める。

「勘違いっすよ。売られた喧嘩は買うってだけで、俺自体は割といろいろと弁えてるつもりですよ」

セレナは俺の言葉に少し楽しそうに笑う。

「そういうことにしておいてあげる。ニーナちゃんからもいろいろ聞いてるから」

「ニーナから？」

「ええ。入学の時に助けてくれたとか、ノア君は最高の魔術師なんだとか、貴方の話題の時はいつも褒める言葉しか出てこないわ」

「そりゃ光栄っすね。この学院には俺みたいな平民には当たりがキツイからな、ニーナには感謝してるよ」

「ふふ、いいコンビね。公爵家とそこまで対等に接することができるのはあなただからこそね」

「そうっすかね」

　確かに、アーサーとかは俺がいなきゃ未だにニーナのことを公爵家だって言って恐縮してただろうしなあ。俺やクラリスみたいな冒険者あがりだからこそ、自由に接することができているというのはあるかもしれない。人によりけりだろうが。

「ニーナとは他にどんな話を？」

「大体あなたの想像通りよ。基本はモンスターについてね。熱心な生徒で嬉しいわ。モンスターを敵としか認識してない人ばかりだから、モンスターを味方にしようとする召喚術師の姿勢は嬉しいわね」

「はは、耳が痛いっすね。まあ、考え方は人それぞれっすから」

「その通り、これはあくまで私の考え方。……まあ、そういうわけでニーナちゃんと話すのは楽しいわよ。お姉さんよりも無邪気で可愛いわ」

「姉……」

　そういやニーナの姉ちゃんもこの学院に通ってるんだったか。

　何かニーナの劣等感じみたものを感じるが、余程の魔術師なんだろうか。

「――そうっすか。楽しくやってそうで安心しましたよ」

「ふふ、その口振りだと保護者みたいね」

「違いますけど……。ただまあ、入学の経緯を考えれば親心も芽生えますよ、多少はね」

　俺の言葉にセレナは僅かに微笑む。何を思って笑ったのか。可愛らしいとでも思っているんだろうか。

「……なんすか」

「ふふふ、何でもないわよ。――そう言えば、課外授業が近いわね」

「らしいっすね」

「あら、興味ないのかしら？　うちの学院に入ってくる魔術師は基本的に名家・貴族だからモンスターと戦ったことがない子が多くて、このイベントには皆舞い上がるものだけど」

セレナは不思議そうな顔で俺の顔を覗き込む。

「まあ、俺はモンスターは見慣れてるんで」

「あぁ……そういえばそうだったわね。あれは毎年の恒例行事だからね。うちの生徒たちはエリートだし……それにここの子たちは野生じゃないから、心配する必要ないわよ」

セレナは後ろの地下施設入口を指さす。

「特に心配はしてないっすけどね。ただ、モンスターってのはどんな奴でも脅威っすから。油断は禁物だ」

「用心深いのね。噂に聞くあなたの力なら、モンスターはそれほど脅威じゃないと思うけれど？」

「またまた。セレナ先輩だってわかってるでしょ、モンスターに詳しいんだったら」

セレナはじっと俺の目を見た後、ふぅっと短く溜息をつく。

それはどこか呆れた様子というか、どこか残念そうな表情だった。

「まったく、可愛げがないわね。……あ、そろそろ夜も更けてきたわ。早く戻ったほうがいいんじゃない？　夜の学院は危険がいっぱいよ」

「へえ、やっぱりそうなんですか」

「何が起こるかわからないからね。特に上級生は自分の研究に没頭して外と中の区別がつかなくなってたりするから。ドマさんでもまだまともなほうよ」

「それは、セレナ先輩も？」

「……私は違うわよ。ままならないけれどね」

「？」

セレナは改めて微笑み、俺の目を見る。

「気を付けてね」

「何がっすか？」

「ニーナちゃんはいい子だけど、公爵家の人間ということはそれだけ狙う人もいるわ」

「みたいっすね。ここは貴族の巣窟、都合の悪い奴もそれなりに多そうだ。俺はそこまで詳しくはねえけど」

「あなたがいくら強くても所詮は新人としてはという話。ニーナちゃんの保護者でいたいのはわかるけど、危険が及ぶ前にあなたは適切な距離を保ったほうがいいわよ」

「随分とドライっすね」

「それが生き抜くコツよ」

「……それは警告っすか？」

セレナはくるっと身体の向きを変え、俺に背を向ける。

「ただの忠告よ。あなたよりこの学院にいるのは長いの」

「そうか……。まあ安心してくださいよ、俺は最強っすから。降りかかる火の粉くらいは払ってやるさ。それにあいつだってそこまで弱いわけじゃねえ」

俺の言葉に、セレナは肩を竦める。

「——そうね。忠告はしたわよ」

「あぁ。わざわざどうも。先輩も気を付けてくださいよ」

「ふふ、そうね。お互い気を付けましょう」

「じゃあ俺はこれで。そろそろ帰ります」

「じゃあね、ノア君」

セレナとの夜の会話。なんとも不思議な雰囲気を纏った女性だった。

ただ何処か本心を隠しているような、まだ底が見えない感じがある。

一応ニーナにもそれとなく警戒しておくように伝えたほうがいいかもな。本人が一番わかってるだろうけどな。

◇　◇　◇

「これが貴様らの最初の試練だと思え、新入生ども」

正面に立つ強面で細身の教師、レオナルド・アンダーソンは、その双眸で俺たち新入生Aクラスの面々を睨みつける。

「3日に分けて行われるこの演習だが、貴様らがトップバッターだ。三人一組のパーティに分かれ、リムバの森に我々が放ったゴブリンを討伐してもらう。パーティ単位での討伐数を監督生にカウントしてもらい、最終的な結果は学院内に張り出す。お前たちの成績にも大きく関わる重要な演習だ。心して掛かれ。……実にシンプルだろ？　シンプル故に結果ははっきりと分かれる。チームの力で挑むか、個の力で挑むか……まあ、モンスターを相手にするということの恐ろしさを知るいい機会だ。存分に力を発揮してこい。演習は中間で一旦結果の集計と休憩を行う。つまり、前半戦と後半戦に分かれる。体力の配分もしっかり考えろよ」

リムバの森北東部入口。俺たちが並ぶその周りには、いくつもの荷馬車がズラーっと並んでいた。

その馬車には、すべて巨大な鋼鉄製の檻が載せられており、中身は空だ。これに今回の討伐対象であるゴブリンが入れられ、この森へと放たれているのだろう。森の奥からは、以前来た時には感じられなかったプレッシャーと、低く唸るような声が聞こえてくる。

「例年、このイベントで数名の負傷者が出る。これは脅しではなく純然たる事実だが……自身の魔術を過信し、モンスターを舐めた者の末路。残念なことに、そういう連中の殆どは我らが貴族や名家の者だ。冒険者上がりや、平民出の連中はモンスターの脅威を痛いほど理解しているのだろう、彼らの警戒心は強い」

その言葉に、俺の隣に立つクラリスがうんうんと頷く。

「――この学院の大半をしめる貴族名家の連中はモンスターとの触れ合いが極端に少ない。本来触れ合う必要はないわけだからな。その差に足元を掬われ、大怪我をするというわけだ」

「先生、俺たちがそんなヘマするわけないいじゃないっすか！」

声を上げたのは侯爵家の男。坊主頭に剃り込みの入った厳つい見た目の男だ。

これまでの授業で特に目立った活躍をしていた記憶はないが、どうやら彼自身はそんなつもりは毛頭ないようだ。

「それが傲りだと言っている、ローファン」

「ハハ!! 俺たちはこの学院に入学できたエリートですよ!? 舐めてもらっちゃ困りますよ。所詮平民は逃げる嗅覚が強いだけ。俺たちのような貴族が後れを取るわけがありません！」

ローファンの周りの連中が、それに同調しクスクスと笑い出す。

まったく、ルーファウスみたいにわかりやすい奴らだな。これで実力が伴っていればいいんだがな、実際はそうでない奴ほど吼えるというのは良くある話だ。

「……いいか、その空っぽの頭にしっかり俺の言葉を詰め込め。貴様のような阿呆が仲間の足を引っ張り、窮地へと追いやるんだ。――モンスターを舐めるな。恥をかくのはお前たちだぞ」

「うっ……」

ドスの利いた声に、ローファンも苦笑いで後ずさる。

「だせえなあ、貴族様はよお。頼むから俺たちの足を引っ張らないで欲しいねえ」

そう笑いながら細身の男はくっくっくと身体を揺らして笑う。

ヒューイ・ナークス。名家の男だ。

「んだと、ヒューイ！　な、舐めてんのか！」

「あぁ？　文句あんのかよお、ローファン」

ヒューイは不気味な笑顔でローファンを睨む。

「……ちっ。覚えてろよ、ヒューイ」

ヒューイの不気味な笑い顔にローファンはびびったのか、視線を逸らすと捨て台詞を吐き下がっていく。

「くはっ、情けねえなあ。わざわざこんな学院に入学したのに、嫌になるねえ甘ちゃんばっかでよ」

ヒューイはぼそりと呟き、頭の後ろで腕を組む。

レオナルド・アンダーソンは呆れたように溜息をつき、再度俺たちを見回す。

「……ふん、下らん言い争いはもういいか？　とにかく、そういうバカのために監督生についてもらうのだ。だが、監督生はお前たちのお守りじゃない。採点担当であることが第一。生死の境でなければ助けはないからそのつもりでいろ」

そう、今回の演習では各グループに二年の監督生が付く。学院側の配慮であり、俺たちの成績を記録する係。それ故に、二年でも比較的強い十名が、AからCクラスまですべてを担当する。

誰がどのグループを担当するかはグループ分けの際にすでに決定されており、この場で初めて顔を合わせることになる。

「よろしく頼む。俺はセオ・ホロウだ」

茶髪の二年生は、俺たちにそう自己紹介する。

それに感激の声を漏らすのはアーサーだ。

「も、もちろん知ってますよ！　俺はアーサーです！　よろしくお願いします、ホロウさん！」

「私はニーナです、よろしくお願いしますね！」

セオ・ホロウ。二人は名の知れたこの二年生を見て興奮気味に話しかける。名のある魔術師の家系のようで、二人とも知っているらしい。

それは周りの他の監督生も同様のようで、クラスメイトたちも監督生である上級生と楽しそうに親睦を深めている。

「――わかってると思うが、基本的に俺は後ろから見ているだけだ。お前たちの行動と討伐を記録させてもらう。……まぁ、本当に危なかったら俺が出るからそこは安心していい」

「はい……！」

「モンスターを相手にするなんて初めての経験だろうし、実力や脅威を測りちがえることなんてまあある。自分の力と仲間の力を信じて、それでも見誤ったら俺が出ていく。簡単だろう？」

不思議と包容力のある言葉に、アーサーもニーナも落ち着いていくのがわかる。手慣れてるな、扱いが。こういう機会が多いんだろうか。

「どいつもこいつも、生ぬるいわね。私たちの敵じゃないわよ。そう思うでしょ、ノア」

と、クラリスが少し苛立ったようにこそっと俺に話しかけてくる。

「……まあな。ただこんなもんだろ最初は。大目に見てやれよ」

クラリスは呆れたように溜息を漏らす。

「あんたも緩いわねえ。ヴァン様の弟子ならもっと他に言うことがあるでしょうが」

「いやいや、自分が最強だと信じてるだけで他の奴がそうあれとは別に思ってねえからよ。一般人なら初めてはそんなもんだと思うぜ？」

俺の発言に、クラリスは何かヤバイものでも見るような目で俺を見る。

「……なんだよ」

「……私よりよっぽどな考えの奴がいたわ……」

「はあ？」

「――というか、最強はヴァン様でしょうが！　まったく……。初めてなんてただの言い訳よ。私は最初から全力でモンスターを殺せたわ。あんたもでしょ」

「そりゃまぁな」

「ふふ、でしょうね。今日は元冒険者である私の十八番。一番の成績は私たちがもらうわ」

「はは、そりゃ楽しみだ。悪いが、俺たちのパーティも負けねえけどな」

クラリスはニヤッと笑う。

「まったく、冒険者でもないあんたが言うじゃない。そうこなくっちゃね。あんた以外に戦えそうなやつは——レオ・アルバート、ナタリー・コレット、モニカ・ウェルシア、ヒューイ・ナークス……そこのニーナも召喚する精霊によってはわからないわね。でも、所詮はモンスターを狩ったことない温室育ち。負けられないわ」

闘志を燃やすクラリスは、無意識か唇をなめ不敵な笑みを浮かべる。その表情は良く知っている。これから任務に向かう高揚した冒険者の顔だ。

「——じゃ、精々お互い頑張りましょ。私を失望させないでよ、お弟子さん」

「こっちのセリフさ。A級冒険者の力、見せてくれよ」


少しして、時を見計らったようにレオナルド・アンダーソンは声を上げる。

「——準備ができたようだ。全員心の準備はいいか？」

その言葉に、今か今かと開始を待っていた生徒たちが一斉にレオナルド・アンダーソンのほうを見る。

「よし、覚悟は全員できているみたいだな。精々あがけ。今回の標的は〝ゴブリン〟だ。伝聞だけで雑魚だと判断して油断するな、奴らは群れで来る。数で押されるな、一気に持っていかれるぞ。討伐数は監督生によってカウントされ、結果はパーティ毎に貼り出される。心して挑め。これはお前たちの力を示す戦いだ！　自分が無能ではないことを私に示してみろ！」

「頑張ろうね、ノア君、アーサー君！」

「俺だってトップ目指してんだ、負けてられねえ……！」

「いいね、こういう空気は好きだぜ。──とりあえず、このクラスで一番目指しますか」

「──それでは開始だ。各自指定された位置から森へ入り、戦闘を開始しろ！　健闘を祈る！」

いよいよ始まる、リムバでの課外演習。

モンスターなんて狩り飽きたが、これが俺の最初の見せ所だな。

◇　◇　◇

「ゴブリンは良く名前は聞くよね。ポピュラーなモンスターというか、何か事件とか事故があるとゴブリンだったたってケースが多い気がする。屋敷でもよく話題に上がるモンスターだったかな」

ニーナは顎先に指を触れながらうーんと思い出すようにして言う。

「ゴブリンは一番被害件数が多いモンスターだからな。そこそこ強くて、多少の知恵も働いて、そして一番厄介なのが群れで行動するところだ。一体だとそこまで苦戦する相手じゃねーが、

四、五体の群れに襲い掛かられたら破壊力はえげつない。初心者なんかはパニックであっという間に食い殺されるさ」

俺の言葉に、ニーナは僅かに身震いする。

「セレナさんに話聞いた時も思ったけど、なかなか想像したくない末路だよね……」

ニーナは微妙な表情でハハっと笑みを浮かべる。

「まあな。倒れてるところに次々に襲い掛かってくるゴブリンとか悪夢でしかねえよ。でもまあ、今回は三人いるんだ。そんな心配はねえさ」

「そうだね。――それにしても、すごい気持ち良い森だね」

まだ昼を少し過ぎた頃。陽の光が木々の隙間から漏れている。広大な森には草木が生い茂り、モンスターがいないからかあまり荒れていない。

他のパーティは散り散りにスタートしたため、周囲には俺たちしかいない。少し後方から、離れてセオ・ホロウが俺たちの後を付いてきている。基本的に関わってこようとする様子はない。それ以外は何もない、静かな森だ。

「こんな静かな森はあんまねえよなあ。学院が相当しっかり管理してるんだろうな」

「そうみたいだよ。冒険者へ依頼してたまに駆除とかもしてもらってるみたいだけど」

「へえ、詳しいな」

「ふふ、一応公爵家だからね。そういう情報は意外と持ってたり」

と、ニーナは胸を張りニコっと笑う。

「やっぱ田舎暮らしだったからよ、王都の周りはあんまわかんねえんだよなあ」

「じゃ、じゃあ今度私案内してあげようか!?」

ニーナはパタパタと俺の隣まで駆け寄り、目をキラキラさせて言う。その顔からは、たまには私からも恩返し！　というような意図が見える。

「あー、じゃあ休みに案内してもらおうかな。ニーナなら穴場とか知ってそうだしよ」

「任せて！　ふふ、楽しみだなあ」

――と、その時。やる気満々で先行していたアーサーが小走りで俺たちのほうへと駆け寄ってくる。

「おいおいおいおいおい!!　出た!!　ゴブリンだ!!」

アーサーは興奮気味に言う。

「お、早速いたか。どんな感じだ？」

「ゴブリン四匹が切り株の近くで武器作ってやがったぜ。石を研いで斧みたいにしてやがる」

「へえ、野生じゃなくてもそれくらいの知恵はあるのか」

「あんな器用だとは俺も思ってなかったぜ……どうする？」

「どうするって？　やるに決まってんだろ。演習の開始だぜ」

アーサーとニーナが、ごくりと唾を飲み込む。

さすがにまだ心の準備ができていないみたいだ。

「……あーまあ、いきなりはビビるか。じゃあ任せておけよ、俺が先陣切ってやる」

俺はアーサーが来た道を辿り、草を掻き分ける。

すると、少し開けた所に、ゴブリンの群れがいるのを見つける。俺は全く足音を消さず、堂々とその開けた場所へと立ち入る。

「ギギィィ!!」

刹那、一斉にゴブリンたちがこちらに振り向く。全員が精神を尖らせ、警戒態勢に入る。そして、その殺意を余すことなく俺へと向ける。

まずは不意打ちせず、モンスターの殺意を経験させてやらんとな。……いいね、久しぶりの感覚だ。懐かしいな。

「ギアアアア!!!!」

ゴブリンは作った斧を手に持つと、叫び声をあげ四方に散らばる。

「ゴブリンが……!」

「大丈夫かよ!?」

「まあ見とけよ」

ゴブリンは俺を囲むように扇形に陣取ると、お互い何やら意思を疎通させ、タイミングを計り始める。

本来ならば、一人でゴブリンの集団を相手にする場合ゴブリンを一匹、あるいは二匹ほどの塊に分断し、それぞれを撃破するのがセオリーだ。だが、それは魔術師においてはその限りではない。広範囲魔術は、数をも制する。

俺はニヤッと口元を緩ませる。

一瞬俺が漏らした隙を感じ取り、ゴブリンたちが一斉に飛び掛かる。

「「「ギィエエエアアアア！！！」」」

咆哮を上げ、狂ったようにゴブリンたちが突進してくる。

「ッ……！」

「──〝サンダーボルト〟」

頭上に浮かび上がる魔法陣。そこから、全てのゴブリン目掛けて雷が吸い込まれるように落ちる。眩い光と雷鳴。不可避の雷撃。

直撃したゴブリンたちは口から煙を吐き、身体を真っ黒に焦がし、叫ぶ間もなく地面に仰向けに倒れこむ。まさに一瞬の出来事だ。

四方に散っていたゴブリンたちは、俺の落雷により一網打尽となった。地面が焼け焦げ、灰色の煙が巻き上がる。

「一撃か……まあ、ゴブリンじゃこんなもんか」

後ろで眺めていたニーナとアーサーが、驚いた表情で言葉を漏らす。

「しゅ、瞬殺かよ…………な、慣れてんな」

「すごい……」

「まあゴブリンならこんなもんだろ。俺の魔術は見たことあんだろ？　別に普段と変わらずに魔術を放っただけだぜ？　──まあ強いて言えば、もたもたしてると囲まれて終わるからな。

スピードは大事ってとこかな」

「スピード大事……」

ニーナは俺の言葉を噛み砕いて理解するように反芻する。

アーサーはゴブリンの死体に近寄ると、それをツンツンと突く。

「――ノアは冒険者じゃねえんだろ？」

「……あぁ」

「にしては落ち着いてるっつうか……何か手馴れてるな。普段通りってのが俺たちにとっては最初の壁だと思うんだよ」

「ローウッドは田舎だからそういう機会も多かったのさ。別に俺に限った話じゃねえぜ？　村人でも強い奴はこん棒とか斧でゴブリンに立ち向かうことだってある」

「ひええ……そういう意味じゃ俺たちより全然先に行ってるな……」

すると、後ろから監督生――ホロウが現れ、倒れているゴブリンを数えはじめる。

「――四体か。的確にゴブリンを倒し切る力、四体に囲まれても怯まない胆力。申し分ない。これはノアの戦績としてカウントするぞ」

セオ・ホロウは手に持った紙に何かをすらすらと書き込む。

「……くあー、やるっきゃねえな」

「そうだね」

アーサーとニーナはお互い顔を見合わせ、頷き合う。

「どうした？」

「いや、ノアばっかりに良い恰好させてられねえって思ってよ」

「私たちも魔術師だからね……！　普段通りでいいって聞いて少し安心したよ。見本は見せてもらったからね……次は私たちの番！」

「はは、いいね。見せてくれよ。俺だけでゴブリン全滅なんてつまらねえからな」


「いけ、サラちゃん！」

『シャァァ！』

トカゲのような形をした赤い精霊――サラマンダーは、ニーナの挙動に合わせるように動き、口から禍々しい炎を吐き出す。

渦の様な形を作り、灼熱の炎は二体のゴブリンを取り囲む。

「ギエアアア!?」

一気に炎は竜巻のようにうねり、ゴブリンたちは焼け焦げながら宙へと舞い上がる。

「俺だって！」

アーサーは両手を合わせると、氷の塊を作り出す。

それが二本に分かれ、持ち手が生成されると徐々に剣を形作っていく。それをクルクルと回転させながら両方の手でそれぞれ一本ずつ構える。

「オラオラァ!!」

運動神経抜群の身体捌きを活かし、アーサーはその二本の剣で流れるように二体のゴブリンを切り捨てる。

その速さは中々に速く、剣士として十分な実力であることがわかる。

計四体のゴブリンたちは瞬く間に倒され、地面に転がる。

「ふぅ……よっしゃ！　見たかノア!?　俺だってこんなもんよ！」

アーサーの両手の剣は溶けるようにしてその姿を消す。

「初めてにしてはやるじゃん」

「へへ、これでも元名家よ、これくらい朝飯前だっつうの！」

と言いつつ、嬉しそうに笑うアーサー。

「戻っておいで、サラちゃん！」

ニーナの足元から駆け上がり、肩にサラマンダーが止まる。

「サラマンダー……火の精霊か」

「うん！　可愛いでしょ？」

サラマンダーは、その口からちろちろと炎の舌をちらつかせる。

「確かに、可愛らしいな。火力も凄えし、さすが召喚術師だな」

「へへ、それほどでも」

「俺たちと違って召喚する精霊で属性が変えられるのはかなり有利だよな。素直にすげえと思うぜ」

「えへへ……ノア君に褒められると嬉しいな」

ニーナは後頭部をかきながら、照れるように身をよじる。

「ノア８体、ニーナ２体、アーサー２体。――パーティ合計は１２体だな。なかなかいいスタートダッシュじゃないか」

監督生もその戦績に満足そうに微笑む。

「おうよ！　このパーティはノアとニーナだけじゃねえって教えてやる！　任せておけ！」

「おいおい、先生が言っていたこと忘れんなよ」

「ん？」

「倒すのに慣れて、慢心してるところが一番あぶねえからよ。警戒だけはしろよ」

「わかってるって！　さ、もっと奥まで行こうぜ！」

◇◇◇

「四体めえええええ！！！」

身体を横に捻り回転しながら、アーサーは遠心力を利用してゴブリンの首を切り捨てる。

「グッ――」

ゴブリンの断末魔の叫びが短く響く。ゴブリンは喉元を押さえながらそのままよろよろと後ろに後退し、木にぶつかると力なくその場に倒れこむ。

ようやく、周囲に静寂が訪れる。

「ふぅ……！　よっしゃ、見たかノア!?」

アーサーは嬉しそうな顔で飛び上がり、こちらを振り返る。

「俺の実力をよ！　今ので四体目だぜ……って、おいおいおい」

アーサーは、俺とニーナの目の前に転がるゴブリンの数にぎょっとした顔をする。

「ニーナがこれで八体目、ノアは今ので……十四体目。うん、なかなか素晴らしい速度だ。いいね」

と、セオ・ホロウが紙に記録を書き記しながらそのクールな顔を僅かにほころばせる。

「この勢いなら、例年通りなら全体の中でもかなり上位に食い込めそうだ」

「さっすがノアにニーナちゃん、すげえ！　――けど……俺が一番少ないのは納得いかねええ!!」

アーサーは、うおおお!!　っと興奮気味に身体を震わせる。

「最初はあんな不安そうだったのに、もう四体も倒せるなら上出来じゃねえか。誇ってもいいと思うぜ？」

「かー、相変わらず優しいねえ。つっても、ニーナだって八体だぜ!?」

「あはは。私の場合はほら、戦うのは精霊だから」

と、ニーナは脇にいる精霊・サラマンダーの頭を撫でながら言う。

サラマンダーは気持ちよさそうに尻尾を振っている。

「いやいや、それも立派な魔術だろ……くそ、こんなんじゃ駄目だ……！」

「おいおい、成績が貼り出されるのはパーティ単位だし、別に個人で記録伸ばそうとしなくてもいいだろ」

「だけどよお……やっぱり二人に肩並べてえじゃねえか！　トップ目指してんだ、それくらいできねえと……！」

アーサーは本当に悔しそうに拳を握りしめる。

言い訳しない、ちゃんと悔しがれるのはアーサーの良いところだな。

ただ、功を焦り過ぎもあまり良くない。モンスター相手ならば特に。そうやって死んでいった冒険者たちを何人も俺は見てきている。

「ま、その心意気は大事だと思うぜ？」

「当然！　見てろよ、今回の演習で俺の眠っていた未知なる才能が――――」

と、不意にニーナが叫ぶ。

「アーサー君後ろっ!!」

「えっ――」

「グルゥゥアアアア!!」

背後には、アーサーへと飛び掛かるゴブリンが眼前まで迫っていた。一体だけ潜伏していたゴブリンが、仲間の仇と言わんばかりに必死の形相で斧に力を込める。

「おいおいおいおいおいっ……！！！！」

咄嗟にアーサーは両手で身体を庇う。アーサーの魔術では対応が間に合わない。

「くっ――」

「――〝スパーク〟」

響く雷鳴。

「ギャアアアア！！！」

ゴブリンは空中で俺の電撃を浴び、その衝撃で後方へ一気に吹き飛ぶ。

そのまま木に激突し、地面に倒れこむ。

周囲には、焼け焦げた匂いが漂う。

「ふぅ。……おいおい、油断しすぎだぜアーサー」

俺はバチバチとスパークが弾けた手をブンブンと回す。

アーサーは額から汗を流し、少し放心した状態でつばを飲み込む。

「……つぶなかった……助かったぜ……」

「――おいおい、こんな雑魚(ゴブリン)相手に苦戦とは、さすが没落名家だな、アーサー」

「あぁ？」

そこに現われたのはすらっと背が高く、若干の猫背の男。

目つきは鋭く、口元には常に薄っすらとした笑みが浮かんでいる。

「てめえ…………ヒューイ！」

Aクラスでも上位の実力を誇る名家の男。ヒューイ・ナークスだ。

「かっはっは、おいおいアーサーよお。だせえことしてんじゃねえの。油断して背後をゴブリン如きに取られるなんざあ、やっぱ所詮見せかけの名家様だなあ」

「んなっ……んだとこの野郎！」

「くっはっは！　言い返せねえのかよ」

ヒューイは楽しそうに笑う。

確かにアーサーの落ち度だが……言いっぷりが気に食わねえな。

「おいおい、いきなり現れて随分な言いようだな、ヒューイ。誰だって最初はそんなもんだろ、挑発すんのもほどほどにしておけよ。後で恥かくのは自分だぜ？」

「くはは、平民は相変わらず呑気だねえ。お前たちとはくぐってきた修羅場の数がちげえのよ、俺はな。そこそこ魔術を使える平民と、箱入りのお嬢ちゃん、それに没落した名家…………たかが授業でそうなんのも無理はねえ。人選も酷なもんだよなあ」

「あぁ!?　お、俺はそうかもしれねえが、ニーナちゃんとノアはなあ――」

すると、ヒューイはアーサーの言葉を遮るように手を前にかざし、ヒラヒラと漂わせる。

「あぁ、いい、いい。負け犬の遠吠えなんて聞きたかねえのよ」

「……ッ！」

「はっは！　一丁前に悔しそうな顔して……おもしれえなあ、お前みたいな奴好きだぜ俺は。楽しませてくれるからなあ！　はっは！」

「俺もお前みたいな奴は好きだぜ？」

「……おぉ？　俺のことが好きなのか、ノア。嬉しいねえ」

「随分と調子に乗ってるみてえだから言っておくが、俺からすればお前もアーサーも大差ねえぜ？」

「あぁ……？」

俺の言葉に、ヒューイはその目を僅かに薄める。

「俺とは次元が違うって言ってんだよ。ほぼ同列のお前がアーサーを負け犬呼ばわりするのは滑稽だぜ？　──だが、俺はそういう勘違いして見下してる奴は結構好きなのさ。見てると楽しめるからな」

「ふっ……ふはは！　おもしれえなあ、ノア！　俺からすればお前こそ勘違い野郎の頂点だぜ。同列？　ふざけるのも大概にしておけ。魔術の実力、知識、実戦経験……総合的に俺より上なんてこのクラスにはいねえ。まあ、強いて言えば俺と同列なのはレオの奴とあの冒険者上がりくらいか……。とにかくだ、ろくに戦ったこともないお前が次元が違うとか、とんだおもしれえ冗談だ。脳にカビでも生えてるのか？」

「はっ、どうだかな。これまでの授業を見てそれを感じ取れないようじゃお前もまだまだだってことだ」

それを聞き、ヒューイは一瞬キョトンとした顔をすると、徐々に口角をあげ、こらえきれない笑いを漏らす。

「……くっはっはっは！　──いやあ、バカは言うことが違うねえ。やっぱお前、面白えよ！

その妄想力、作家にでもなったらどうだ？　現実が見えてねえってのも才能だよなあ。こんなゴブリンに苦戦する阿呆が偉そうな口をきく。ゴブリンなんざ俺の敵じゃねえのさ。楽勝過ぎて欠伸が出る。ま、精々死なないように頑張れよ、俺たちはもっと奥でお前らの分までぶっ殺してきてやるからよ」

そう言い、ヒューイは高笑いしながら俺の肩をポンポンと叩き、更に森の奥へと進んでいく。

俺たちはそれを横目に捉えながら、消えていくその背中を見守った。

調子乗ってんな。ああいう慢心してる奴が一番あぶねえんだ。ま、忠告してやる義理は俺にはねえ。

「……わりいな、ノア。俺のせいで変に喧嘩みたくなっちまった」

「気にすんな、あんなの喧嘩のうちに入らねえよ。だが、まああいつ自身も別に弱いってわけじゃねえからな。極論で同じ次元なんて言ったが、アーサーより格上なのは違いねえからな」

「うっ……だよな」

アーサーは眉を八の字にして苦しそうに胸を押さえる。

「はは、いいじゃねえか。そのために今日の演習があんだろ。このまま戦うことに慣れればすぐ追いつけるさ」

「あぁ……任せとけ！　あんだけ言われたんだ、こんなところで引き下がれるか！」

アーサーはやる気を取り戻すと、うおおっと両頬を叩き、気合を入れてズンズンと進んでいく。

「――おいで、サラちゃん」

ニーナはサラマンダーを肩に乗せると、とことこと俺の近くへと駆け寄ってくる。

「大丈夫かなあ、アーサー君」

「平気だろ。それに、あいつは入学式に俺はトップを目指すとか言ったやつだ。逆にヒューイの挑発でより一層やる気が出ただろうよ」

すると、ニーナは嬉しそうに俺の顔を見る。

「……どうした？」

「ううん！　さ、私たちも行こ！」

「あぁ。離れてると危ないからな」


それから、演習は順調に進んだ。

ヒューイとの接触からアーサーは更にやる気を上げ、どんどん調子を上げていた。アーサーがゴブリンの群れに飛び込んで掻きまわし、ニーナとサラマンダーが後方射撃と漏らしたゴブリンの潰しを受け持つ。二人の呼吸も合い始め、前衛後衛として機能し始めていた。

一方で俺はそっちにも気を配りながら、時折死角から不意打ちを仕掛けるゴブリンを狩りつつ、俺は俺で別の群れを一気に排除していく。

恐らくかなりのハイペースで討伐が進んでいる。

他のパーティがどの程度かはわからないが、かなり上位なのは間違いないだろう（と、セオ・ホロウが言っていた）。俺一人でガンガン倒して進んでもいいんだが、折角やる気を出したアーサーに水をさしたくねえし、ニーナの絶好の成長の機会を棒に振るのも若干申し訳ない。

結局成績はパーティ単位での発表だし、俺個人が飛びぬけてもあまり意味はない。というか、俺が本気を出すとワンサイドゲームが過ぎる（俺が限りあるゴブリンを一気に全滅させたら演習の意味がないし他の生徒が可哀想すぎる）。俺が最強であることを証明するのは歓迎祭とやらで問題ない。あっちなら恐らく個人戦。衆人環視の中で堂々と俺の魔術を見せつけられる。

――なら、今後も一緒に行動する可能性のあるこの二人の成長を優先したほうがいい。先のことを考えれば、悪い判断ではないはずだ。

正直、俺を除けばこのクラス自体生徒同士の実力がそこまで大きく離れているわけでもなく、その中でもニーナは比較的上位のほうに位置する実力を持っている。アーサーもセンスは悪くないし、他のパーティが三人で一つのゴブリンの群れを悪戦苦闘して相手しているなか、ほぼ二人で対応できているその差はデカい。俺の戦いを見て早めに腹を括れたのと、ヒューイの奴が図らずも挑発してくれたのが功を奏してるな。その上俺が、二人が見逃した他の群れを一掃している。成績で上位を取れるのは確実だ。

何やらヴァンの弟子（という体）の俺と競争じみたことをしようと最初に言っていたクラリスにはなんだか悪いが……まああいつは放っておいていいだろ。

「おらあああ！」

アーサーの威勢のいい掛け声が響き、目の前のゴブリンが音を立て崩れ落ちる。

「サラちゃん、焼き尽くして！」

轟音と共に、サラマンダーの口から炎が噴き出し、的確にゴブリンだけを火だるまにする。

あっという間に、四体の群れが全滅する。

「ふぅ……」

「アーサー君、大分順調じゃない？」

「おうよ！　ニーナちゃんのバックアップもありがとな」

アーサーはグッと親指を立てて見せる。

「ふふ、さっきみたいな不意打ちはもう心配ないね。更に後ろにノア君が控えてるし凄い安心感だよ」

「だな。悪いなノア、先陣譲ってもらってよ」

と、アーサーは歯を見せて笑う。

「気にすんなよ。俺はモンスターと戦い慣れてるからな。お前たちの経験値を積むほうが後々役立つなと思っただけさ。というか、ニーナの精霊は平気なのか？」

「ん？　あぁ、召喚時間？　まだ平気だよ。召喚行為自体に一番魔力使うし、今のところ大きな魔術を使ってないから大分節約できてるから」

「へえ、じゃあまだまだ平気だな」

「うん。中間までまだ時間あるし、後半でもサラちゃん使えるだけは残してるよ！」

なるほど。ニーナは簡単に言ってるがそもそも召喚自体魔力の消費は尋常じゃない。召喚した上に、継続的な魔術の行使。サラマンダーを現界させ続けるだけの魔力量……俺ほどとはいわずとも、やはりニーナの魔力量は飛びぬけている。

もし召喚術を他の奴が使えていたとしても、これだけ長時間精霊を現界させ続けるのは不可能だろうな。

「にしても、大分奥まで来たよな？　今どこらへんなんだ？」

すると、そのアーサーの問いにセオ・ホロウが答える。

「今は森の中央あたりだ。お前達の指定範囲限界に大分近い。そろそろ南下するべきだろうな」

「了解っす！　ヒューイの奴らがいたってことはあいつらも多分指定範囲は俺たちと――」

「うおおおおああああ！」

「「!?」」

瞬間、叫び声と、それに続く巨大な物音。

「な、んだ……!?」

「悲鳴!?」

恐らく初めて聞くだろう人間の本気の悲鳴に、ニーナとアーサーは険しい表情で俺のほうを見る。

「……様子見に行くぞ」

「行くって、悲鳴のほうにか!?」

「当然だろ。気付いたからには無視できねえだろ？」

「で、でも監督生がいるなら平気だろ？　それに所詮相手はゴブリンだぜ？　それに、それも含めて演習だろ……例年怪我人が出るって言うし……」

成績だけを求めるならそれが正論だが……。

「相手はモンスターだ、何があっても不思議じゃねえ。もし悲鳴が生徒で、監督生がそれに対処して無事ならそれでいい。――が、万が一があるだろ？　俺がいればまず解決できる」

俺の発言にアーサーは、はぁっと深くため息をつく。

「つたく、お前は冷たそうに見えて意外と情に厚いよな」

「……情とかじゃねえよ。入学前からの癖みたいなもんだ」

「？」

アーサーは不思議そうな顔で俺を見る。

「とにかく、さっさと行くぞ。死んでたら元も子もねえ」

「ノア君、私ももちろん行くよ……！」

「あぁ。でも油断はするな。ゴブリンと言えどな。やばかったら逃げとけ」

ニーナは静かに頷く。

森の中を駆け抜ける。先導する俺に続くように、ホロウ、ニーナ、そしてアーサーが続く。

俺たちは木々を掻き分け、声のするほうへと真っすぐに走り抜ける。

しばらくすると、木々がなぎ倒され、少しだけ開けた場所が広がる。

「な、何これ……」

「ゴブリン……だよな……？」

「うぅ……」

「おい、待て。何かあるぞ」

セオ・ホロウが、俺たちを引き留める。その視線の先には、何かが地面に横たわっている。

赤黒い、何かが。ホロウがその倒れている何かに駆け寄る。

険しい顔でそれを見るホロウに、ニーナたちもゆっくりと近づく。

「……酷い……」

「うおっ……」

ニーナとアーサーは、その凄惨さに、思わず口元を押さえる。

それは、人だった。

上半身には大きな裂傷、そこから止めどなく血があふれ出している。口からも血が流れ、咽るようにせき込む。まだ息はあるようだ。

「この人は……？」

「……俺たちと同じ監督生だ」

「おいおいおい、監督生って……なんで監督生が瀕死なんだよ!?　相手は……相手はゴブリンだろ!?」

「アーサー。この周りを見ればわかるだろ？」

アーサーはごくりと喉を鳴らす。

「……ゴブリン……じゃねえってか……」

「少なくとも監督生をこんなにしちまうモンスターがこの先にうろついてる」

「はは……冗談だろ……――この人ってさっきのヒューイたちの監督生じゃねえか……？」

その顔は、確かにさっき遭遇した時にヒューイの後ろにいた男の顔だった。

「よく覚えてるな。つーことは……ヒューイたちがこの監督生を襲ったモンスターに追われている可能性があるな」

「……そうだな」

ホロウは監督生をゆっくり地面に横たえると振り返る。

「こいつはすぐにでも回復術師の施術が必要だ。アーサー、こいつを集合地点にいる先生のところまで運ぶの手伝ってくれるか？」

「お、俺っスか……!?」

「あぁ。さすがにこのまま放置はできない。こんな傷じゃあ、放っておけばゴブリンが寄ってくる。それに、監督生として他のパーティと言えども見過ごすわけにはいかない。一人だと万が一がある。頼めるか？」

「……わかりました」

「ありがとう。そして、ノア」

セオ・ホロウは俺のほうを見る。

「こいつを届けたら戻ってくる。それまで待っていてくれ。もしかすると監督生を求めて生徒が戻ってくるかもしれない。残ってもらえるか？」

「いいっすよ、もちろん」

「助かる。俺とアーサーがいなくてもお前なら平気だろ？」

「そうっすね」

「――よし。くれぐれも危険は冒すな。もしモンスターが戻ってきたら逃げろ。いいな？」

俺はその問いにとりあえず頷く。

そんな悠長なことを言ってたら間違いなくこの先にいる奴は死ぬ。

「――よし、いくぞアーサー」

「は、はい！」

そう言って、アーサーとホロウは走り出す。

監督生を負傷させたモンスターか……あの傷は少なくともゴブリンじゃないことは確実だ。

「大丈夫かな、あの人」

「恐らく大丈夫だろ。傷は深いが、息はあった。伊達に二年生の中から監督生に選ばれたわけじゃないさ」

そう、監督生ですらやられる相手……一体何がいるんだ？

「恐らくこの先にいるモンスターは新入生には荷が重すぎる相手だ。倒せているということはないだろ。まだ逃げているか、あるいは――」

「うおぁあああああああ！！！」

刹那、悲鳴のような叫び声がハッキリと耳に届く。

「今のは割と近い……！」

俺は声のほうへと走り出す。

「ノ、ノア君!?　ホロウさんは待ってろって――」

「恐らく今奴らは監督生がいない状態………放置してたら死ぬぞ！」

「う、うん！　私も行く！」

「ニーナはここに……」

……いや、一人でおいておくほうが危ないか。

「――わかった、俺から離れるなよ」

しばらく進むと、誰かの悪態が聞こえてくる。

木にもたれかかるそれがヒューイだとわかった時、悲鳴の主が彼だったと理解した。

「あぁ………ったく……。こんなの……聞いて……ねえんだよなあ……」

弱々しく、さっき会ったときの威勢はそこからは感じ取れない。

あきらめにも似たその声は張りがなく、焦燥感が伝わってくる。

「だ、大丈夫!?」

ニーナはヒューイのもとへと走り寄り、しゃがみ込むとその顔を覗き込む。

ヒューイは片腕から血を流し、息も絶え絶えに虚ろな瞳でこちらを見上げる。そして、僅かに口角を上げる。

「はっ……平民と……箱入り娘のお出ましか……。見られたくねえ……ところ、見られたな……。笑いに……来たのかよ」

ヒューイは虚ろな目で俺を見る。

傷が深いな。さっきの監督生と同じ相手か。裂創が二つ……腕に噛みつかれたような跡がある。かなり大きめのモンスターだ。

「さすがに瀕死の相手捕まえて笑えるかよ。ただ、大口叩いてた割りには無残な姿だな、ヒューイ」

俺の言葉に、ヒューイは何とか笑って見せる。

「……お優しいこった。……ゴフッ！　……——あぁ……お前たちも、さっさと逃げたほうがいいぜ。今……その陰に……」

ヒューイはゆっくりと草陰を指さす。

ズシン、ズシンと、地面を踏みしめる音が響く。

ヒューイが指した方向から、何かが近づいてくる。

「はっ、お出ましだ……いいか、……ここにいるってことは、見た……だろ？　二年生……俺たちの……監督生ですらあのざまだ。……お前らごときじゃ、どうしようも……ねえ。さっさと尻尾巻いて逃げろ……」

「忠告ありがてえが、俺はこんな瀕死で強がってるお前を置いて逃げるようなことはできねえな」

「カッコ……つけてんじゃねえよ……！　来るぞ……」

木々の間からぬっとその頭部が姿を現す。

逆立つように生える金色の毛。獅子の頭。赤く光る眼光に、牙が覗く大きな口。

ドシンドシンと音を立てながら、胴体が見えてくる。毛むくじゃらの胴体。その先に付いた尻尾からは、ヘビの頭がうねうねと蠢いている。鋭い爪に、牙。その体長はパッと見でゆうに五メートルを超えている。

かなりの大型モンスターだ。

「――キマイラ……！」

ニーナが、愕然とした様子で言う。

「こんなところに生息してるようなモンスターじゃねえんだけどな」

「キマイラって……確か討伐難度B級のモンスターだよね……!?」

「だな……しかも、キマイラはほぼA級に近い力を持つ。ちょっと学生が戦うには強すぎる相手だ」

「そ、そんなの監督生でも歯が立たないのも無理ないよ……！　で、でもなんでキマイラが……？　この森は学院が管理してて、野良のモンスターはいないんじゃ……」

確かにニーナの言う通りキマイラはB級に分類されるモンスターだ。だが、ここまで巨大なキマイラは見たことがない。これだけモンスターの少ない森でこんだけ立派に育ったとは考えにくい。

どこかから迷い込んだか？ ……いや、だとしてもこんな巨体が誰にも目撃されていないわけがない。本来なら目撃時に冒険者協会に依頼が舞い込んで、既に討伐されていないとおかしい。Ｂ級がこんな王都の近くにいること自体稀だ。

こいつの存在は完全にイレギュラーということだ。

いくら演習だからと言って、サプライズでキマイラを放つようなことをするわけがねえ。現に負傷者が監督生側に出てるからな。学院側がわざわざ演習をぶち壊すような真似をするとも思えない。

そしてもう一つ気になるのはキマイラのあの様子…………かなりの興奮状態だ。

口から絶えず涎が垂れ、目が充血している。これだけ殺気立っている個体も珍しい。正気じゃない。魔術か、あるいは薬か――。

刹那。

キマイラはその巨大な体躯を、まるで羽のように身軽に動かす。一瞬にして跳躍し、キマイラは軽々と俺たちの間合いへと飛び込むと、俺を飛び越してニーナの前へと躍り出る。

そして、そのまま巨大な前足を振りかぶり、その爪をニーナ目掛けて振り下ろす。

「えっ――――」

キマイラの影がニーナに落ちたところでやっと気づいたニーナは、動けずただ茫然とキマイラの巨体を見る。

「グルアアアアアア！！！！！」

「ちっ……！」

振りぬいた爪は、激しい音を立てて後方の木を真っ二つに叩き折る。

その破壊力はまさに驚異的だ。完全に幹を抉られた木はバキバキと大きな音を立て、左方向へと倒れていく。

しかし、そこにはもうニーナはいない。

俺はニーナを右腕に抱え、左手でヒューイを掴み、キマイラの後ろへと一瞬で回り込む。

バチバチっと俺の身体が痺れ、足元に焦げ付いたような軌跡が残る。

「……痛ってえ……怪我人だぞ……こっちはよ……」

「爪で真っ二つにされるよりはマシだろ、我慢しろ」

「びっくりした……」

ニーナは俺に小脇に抱えられた状態で、ごくりと唾を飲み込む。

「危なかった……私あそこにいたらあの木みたいに……」

「ははっ、大丈夫か？　掴むときに加減してる余裕なかったからどっか痛くしたか？」

「う、ううん、平気……！　また助けられちゃったね」

「気にすんな。にしても……」

奴のあの動き。位置関係的に俺より後方にいたニーナを狙った……？

あの位置からニーナを狙うのは無理があったはずだ。ニーナの何かに反応したのか……？　精霊……の可能性もなくはないが……。動きが妙だな。

それに——やはり、何か盛ってんな。狂化魔術か、あるいは薬か……いずれにしても、野生ではありえない。本来ならB級だろうが、こいつの脅威度はかなりA級に近い。しかも今の状態なら完全にA級以上の力がある。監督生が瀕死なのも無理はねえ。

このクラスでキマイラと何とかまともに戦えるのは精々数人……クラリスとかその辺りくらいだろう。だが、この狂化されたキマイラに対抗できるのは誰もいねえかもな。

俺は軽く身体をストレッチし、一歩前に出る。

「おい……何のつもりだ……。お前に……どうにかできるわけねえだろ……！　監督生も……やられてんだぞ!?」

「だから？」

「はっ……おいおい……これだから平民は……！　逃げろってんだよ。俺たちじゃ……無理だ。新入生が戦える相手じゃ……ねえんだよ」

「そ、そうだよノア君！　ホロウさんが戻ってくるの待とうよ！　さすがにB級モンスターは……格が違いすぎるよ！　今までは上手くいってたけど……」

と、ニーナも少し震える拳を握りながら、僅かに潤んだ瞳で俺を見る。

「ここで放置したら他のパーティが犠牲になる可能性がある。ゴブリンで怪我しようが死のうが知らねえが、こんなイレギュラーにやられるのは可哀想だろ。俺が害獣駆除してやるよ」

「それに、俺とニーナだけなら俺の魔術で逃げられなくもないが、ヒューイの傷じゃ俺の魔術に耐えられない。さっきの移動でさえ苦しそうにしてたからな。どのみちこいつとはやるしかねえんだよ」

「でも…………」

「ま、安心しろって」

「え？」

俺はふっ、と軽く笑うと、ポンとニーナの頭に手を乗せる。

ニーナは少しビクッと身体を震わせ、困った表情で俺を見上げる。

「俺は最強だからな。いつもみたいに大船に乗ったつもりで見とけよ」

「ノア君……」

「はっ……ここまで来て、ただ恰好付けたいだけかよ……」

ヒューイは苦しそうに傷口を押さえ、息絶え絶えに言葉を絞りだす。

「んなことは望んじゃ……いねえ……。俺を置いてさっさと……行け。自分の尻は……自分で……拭くっての……」

「その傷でか？　ははっ、冗談上手いなお前」

「てめぇ……！　グッ……！」

ヒューイは傷口を苦しそうに押さえる。

「まったく、大人しく任せとけよ。お前が太刀打ちできないからってそれを俺に押し付けるんじゃねぇよ。お前だってこんなところで死にたくねぇだろ？　ヒューイ」

ヒューイは俺の折れない態度にあきらめが付いたのか、力なくため息をつく。

「……ちっ……どうなっても……知らねえぞ……。ここに……墓が三つ立つだけだ……」

「立つ墓は一つだよ」

俺は拳をパキパキと鳴らす。

「――さて、久しぶりのモンスター討伐と行きますか」

「グオォオォオオオオ！！！！」

キマイラの咆哮が響く。

木々が揺れ、空気が突き抜ける。

今にも俺たちを殺さんとするキマイラの鋭い眼光が、俺たちを睨みつける。

「…………ッ!!」

ニーナはその威圧感に震え、カタカタと身体を震わす。

「ノ、ノア……君……」

「モンスターの前でビビるな。餌になるぞ」

「で、でも……そ、そんな……」

まったく……。

俺は震えるニーナの頬を片手でぐいっと摘まむ。

ニーナの顔が、ぷにゅっと歪む。

「むっ……何……」

「落ち着け。呼吸を整えろ。冷静になれ」

「う、うん……」

「モンスターの威圧にいちいちやられてたらいくらこっちの力のほうが上でも一気にやられるぜ？　恐怖心は心の奥にしまっとけ」

「お、奥に……」

「いきなりは無理だろうけどな。今は俺がいるんだ、もう少し落ち着いてもいいだろ」

ニーナはゆっくり深呼吸する。

「――……う、うん……。す、少し落ち着いたよ……ありがと。モンスターの威圧感……頭ではわかってたのに……」

ニーナは頭をぶんぶんと振ると、両頬をパンパンと叩く。

「もう大丈夫……！」

「よし。まあ見とけよ。今から俺が――」

「グオオオオォオオオオ!!」

俺の話を遮るように、再びの咆哮。どうやらそう長くは待ってくれないようだ。

大きな音を立て地面を駆け、その強靭な爪を振り上げると、一直線にニーナへと襲い掛かる。

「なっ……！」

またニーナのほうか……懲りねえな。

「女好きか？　こっち見ろよ、キマイラ」

俺は最短で、〝スパーク〟を発動させる。威力を抑えて指向性を得た雷撃は、キマイラの右目を正確に貫く。

「グルゥウゥウァアア!!」

叫び声をあげ、キマイラは慌てて身を翻すと後方へと飛びのく。

右目から血を流し、キマイラは息を荒げる。

やはり、相変わらずニーナを狙ってるな。ニーナが魔物に狙われやすい体質……というわけじゃねえよな。そんなの聞いたことねえ。まあ、倒してから考えればいいか。

俺は一気にキマイラへと距離を詰める。

「グアアア!!」

すかさず、キマイラの尾――蛇頭が、俺の首を噛み千切ろうと物凄い速さで伸びる。槍のようなその突きの鋭さは、並みの魔術師なら避けるのも難しいだろう。

――〝雷刀〟。

俺の右手に、雷が帯電する。それは刀を象る、雷の刃。伸びてきた尾を避けてそのまま掴むと、雷の刃を振り下ろす。

一刀両断。キマイラの尻尾から血飛沫が上がり、叫び声のような、怒りの咆哮を上げる。

「おいおい、尻尾切っただけで随分な悲鳴を上げるな」

「グルルルゥ……グアアアアア!!」

激昂したキマイラは、俺の頭を噛み砕こうと巨大な口を開け襲い掛かる。

俺は〝フラッシュ〟で加速し、回し蹴りでこめかみを蹴りぬく。

加速された蹴りの威力は凄まじく、キマイラのその巨体を大きくのけぞらせる。

「す、すごい……」

ニーナはその光景を、唖然とした表情で眺める。

俺は駄目押しで片手をキマイラの頭へとかざす。

「――〝スパーク〟……!」

魔法陣が現れ、激しい閃光と共に発せられた雷がキマイラの頭を貫く。

キマイラはドシーン!!　っと巨大な音を立てそのまま横転する。

口から煙を吐き、身体をピクピクと震わせる。

しかし、キマイラは身体を麻痺させられてもなお、脚を震わせ、口から泡を吹きながら立ち上がる。

ちっ、さすがにキマイラは硬いな。キマイラの毛皮は耐久力がかなり高い。雷も通りにくいか。

「ウゥ………グオォォオアアアアアア!!!」

咆えるキマイラ。

その目は尋常ではなく、やはり何らかの薬か魔術で強制的に狂暴性を強化されている。既に意識はなく、ただ本能のみで破壊行動に身をゆだねている。

本来なら、もう逃げてもいいはずだ。生存本能が働いていない。恐らくこのキマイラも犠牲者だ。……だが、悪いがこのまま生きて返すわけにもいかない。

「一気に仕留めるしかねえか」

俺は右手をかざし、一気に魔力を練り上げる。魔法陣が出現し、バチバチと魔力反応が走る。

放つは雷撃。

ただ真っすぐに放つ漆黒の雷。

当たれば必死の、極大魔術。


「――――〝黒雷（くろいかづち）〟」


静寂――。

辺り一面が一瞬にして真っ白にホワイトアウトし、その白の中を、一本の黒い稲妻が走り抜ける。

今までの雷とは違う、黒い電撃。

「ガ――――」

キマイラの反応を待つ暇もなく、一瞬にして雷はキマイラを覆い尽くす。

遅れて巨大な雷鳴が森に響き渡る。巻き上がる煙と、漂う肉の焦げる臭い。

「凄い……雷……！」

ニーナは咄嗟に顔を覆い、驚きの声を上げる。

ゆっくりと煙が上がると、そこには既にこと切れたキマイラが無残にも横たわっていた。

ニーナは恐る恐る俺のほうへと近づいてくる。

「終わっ……たの？」

「ふぅ。――ああ、まあな。久しぶりにまともに魔術使ったよ。こんなの他の生徒に使えねえからさ」

「まともに……そ、そりゃそうだよね。こ、こんなの人に使ったら死んじゃうよ」

「はは、まあこれでも防げる奴は防げるんだろうけどな。防げない奴に使う気はねえよ。……今回はキマイラが本来持つ逃走本能とか防衛本能のリミッターが外されてた。だから攻撃に対して防御する姿勢がなかったのさ。こんな大ぶりな魔術が当たるのがその証拠だ」

「外されてた……やっぱり、このキマイラ……」

「ああ、野良ではないだろうな。ま、おかげで倒しやすかったさ」

「だとしても……普通こんな魔術使えないよ！　こんな……一瞬で倒しちゃうなんて……やっぱりノア君は凄い！」

ニーナは改めて噛みしめるように頬を緩ませる。

満面の笑みで俺を見上げ、目をキラキラと輝かせる。心なしか肩に乗るサラマンダーも満足げに揺れている。

「――あっ、そうだ、ヒューイ君！」

ニーナは思い出したように慌ててヒューイのもとへと駆け寄る。

「傷大丈夫!?」

ヒューイも俺の戦いを眺めていたようで、呆れたような笑みを浮かべていた。

「あぁ……くっはっは……！　まさか……こんなおもしれえもん見せられるとはな……」

「あんまり喋っちゃだめだよ、すぐ回復術師さんのところに連れてくから」

「うるせえ、気に……すんな……。こりゃ、平民の――ノアの……奴の見方を……少しは変えねえと……な」

「いやいや、気にするよ！　クラスメイトでしょ！」

「……はは、……さすが、公爵家様……」

それにしても……。

俺はゆっくりとキマイラの死体のほうへと近づく。

ほとんどが焼けただれ、炭と化している。

俺はキマイラの頭部をこちらへ向ける。

舌が青い……眼球は血で赤く染まっている。完全に薬の副作用の特徴だなこりゃ。魔術なら解除された後にここまで痕跡は残らない。

そして、キマイラの足首には金属製の輪が装着されていた。恐らく足枷の名残か。

……キマイラの出所は地下施設か。あいつしかいねえよな。

「――とりあえず、戻ろう」

「そうだね。早くヒューイ君を治してもらわないと」

「くっはっは……情けねえ……。てめえらに……助けられるとはな……」

「気にすんなよ。こんなの新入生じゃ誰も倒せねえさ。監督生だってやられてんだ。お前が弱いわけじゃないさ」

「お前が言うかよ……」

「俺は最強だからな」

「…………かっ、まあ、今だけは……認めてやるよ」

ヒューイを担ぎ、その場を後にしようとしたとき、聞きなれた声が聞こえる。

「おいおい、何かすげえ光がこっちから――……」

「アーサーか」

「うお、ノア、ニーナちゃん！　無事だったか!?　――って、背中の……ヒューイか!?」

「うるせえ……頭に……響く……」

「無事……じゃねえみたいだな。お前まで……。つーか、こっちですげえ光と音がしたんだけどまさか……」

アーサーは恐る恐る俺のほうを見る。

「俺だけど」

「ですよね。つーことは、やった……のか？」

「あぁ」

俺は後ろで倒れるキマイラをくいと顎で指す。

「なんだこれは……」

「ゴブリン……じゃねえよな、これ……」

「でかすぎる。……キマイラか。こんな……」

二人は横たわる巨大な死体を見て、唖然とした表情で固まる。

「キマイラっすね。野生のよりかなり大きい」

「……なるほど。そしてそれを君たちで……」

と、そこでニーナはぶんぶんと頭を振る。

「と、とんでもない！　全部ノア君が一人で……！　私なんて怖がっちゃって……」

「いやいや、ニーナちゃん、こんなの怖がるの当たり前だって」

「一人だと……？　キマイラだぞ？」

セオ・ホロウは、じっと俺を見る。

「まじかよ……すげえすげえとは思ってたけどよ、まさかこんなモンスターまで相手できるのかよ……」

アーサーはもう驚くしかないといった様子で、苦い笑みを浮かべる。

「……ノアの実力は俺の想像をはるかに超えてるみたいだな。二年でもキマイラを単独で撃破できる生徒なんているかどうか……しかもこのデカさ。信じられんな」

「俺は最強なんでね」

「ははっ、謙遜しないか。先へ行ったと知った時はどう叱責してやろうかと思ったが……むしろお手柄と言ったところだな。君が動かなければきっとその背負っている生徒も助からなかっただろう。よくやった」

セオ・ホロウは俺の肩にポンと手を乗せると、俺の目を見てコクリと頷く。

「――とりあえず、その生徒を届けよう。キマイラが出たとなれば演習は中断されるかもしれない」

「そうっすね。……そういや、ヒューイ、お前の他のパーティメンバーは？」

「あいつらは……キマイラと接敵したとき……さっさと逃がしたさ」

「ふーん……やるじゃん。お前が殿になったってわけか」

ヒューイは俺の背中でふいと横を向く。

「……結局お前に助けられたんじゃ……意味ねえさ」

「そうでもねえよ。もしかしたら死人が出てたかもしれねえからな。お前が耐えきったお陰さ」

「つたく……うるさい、さっさと連れてけ。……死んじまう」

「あぁ」

こうして俺たちは、瀕死のヒューイを連れ、開始地点へと戻った。

事の顛末をレオナルド・アンダーソンに告げると、すぐさま上級生を連れて森の調査へと向かった。その間、全て監督生に通達が行き、演習は一時中断。森にキマイラが出たという噂は瞬く間にAクラスに広がった。

ヒューイはすぐさま回復術師のもとへと運ばれ、早速施術へと入った。大分傷は深いが、何とかなるみたいだ。

結局、キマイラは俺が倒した一体のみで、他に脅威は見つからず、ほどなくして演習は再開された。俺たちも仕切り直してもう一度ゴブリン討伐に勤しみ、何事もなく演習は終了した。

——そして、図らずも。キマイラを「ノア・アクライト」が単独で討伐したという噂が実しやかに囁かれ、俺の名声はAクラスどころか、新入生全体に広まっていったのだった。

◇　◇　◇

翌朝、食堂——。

「……なあ、めっちゃ視線感じるんですけど……」

アーサーは気まずそうに肩をすぼめながら、そうポツリと呟く。

「視線の先、別にあんたじゃないでしょ。——まったく、私を失望させないでよ、とは言ったけどまさかキマイラを討伐するなんて聞いてないわよ……」

クラリスは少しいじけた様子で俺のことをじとーっと睨みつける。

演習の成績は今日と明日のBクラス、Cクラスが終わったら貼り出される。そのため、既に試験が終わったAクラス、そして明日実施のCクラスの間で特に俺の噂は流れていた。さすがに直接話しかけに来る奴は殆どいなかったが、朝っぱらからこの視線の量というわけである。人の噂というのは足が速いものだ。

もちろん、クラリスやレオみたいな武闘派の連中は真っ先に俺の所に来て、事の真相を問いただした。俺はもちろん、ただ迷い込んだキマイラを倒しただけだと適当にあしらい、突き返した。

「やるじゃないか、ノア。それでこそ俺が期待する男だ」

「私が!! そこにいれば!! もっとあっさり殺してやったのに……! ああ悔しい!!」

これが二人の弁である。

ただ、称賛される分にはヴァンだった頃から慣れっこだが、ここは貴族・名家の集う学院。ただの賛美の眼差しだけではないのは確かだった。

俺のほうが強い、平民のくせに、どうせ嘘だろ――などなど、その視線に込められた熱はそれぞれで、そしてそれらが混ざり合い、新入生の中で本当に強いのは誰なのか気になるという空気が徐々に形成されつつあった。

それこそ次の歓迎祭のモチベとなるものだ。

「――ったく、キマイラ倒したくらいで騒ぎ過ぎだ。俺が最強なのは前からわかってただろ」

「いやいや、口で言ってるだけとか練習だけと違って実際に結果を出されたんだ、騒がないほうがおかしいだろ。ましてやうちのクラスの連中は演習でモンスターの怖さはみんな身に染みてるからな、尚更さ」

「そんなもんか？」

「そんなもんだ！」

アーサーは自分のことのように興奮気味に語る。

「でも本当に凄いね。先生も驚いてたし、ノア君がこの学院で有名になるのはすぐかも」

「はは、どうだかな。ま、歓迎祭で一気に有名になるのは決まってるからな。それが少し早まっただけさ」

「すげえ自信だが、否定できない俺がいる……」

「何言ってるのよ！　今回はたまたまあんたがキマイラに会ったから有名になっただけでしょ！　運よ！　私が先に会ってたら立場は逆だったわ!!」

と、クラリスはプンプンと頬を膨らませて抗議する。

「あーまあA級冒険者のお前だったらそうだったかもな」

「なっ……そ、そんな普通に認められると、なんというか……」

クラリスは少しもじもじした様子で手に持ったパンにはむっと齧りつく。

「もしかしたら上級生もノア君に目をつけるかもね」

「……はあ、ドマみたいなのにまた絡まれるのは勘弁だよ」

「そう言えばよ、結局あのキマイラは何だったんだ？　野生じゃねえんだろ？」

「私も気になってたんだよね。ちょっとセレナさんに聞きたかったんだけど、今日は空いてないみたいで」

「なんだったんだろうな。ま、いずれわかるだろ」

「そんなもんか。ま、モンスターの行動なんて俺たち人間にはわからねえもんな。とにかくお疲れ、ノア。この有名人が！」

「うっせえ」

◇　◇　◇

その日の夜。校舎北側、地下施設近く。

月明りに照らされた、小さな広場。風はなく、静かな時が流れている。

影の中から、ゆっくりとこちらへ歩いてくる人影。俺が今日呼び出した人物だ。

「いい夜ね」

長い茶髪を耳に掛けながら、その女性は虚ろな瞳で俺を見る。

セレナ・ユグドレア。ニーナの先輩にして、地下施設でモンスターを研究する上級生だ。

「そうっすね」

「――それで、話って何かしら？」

　俺が彼女を呼んだのは他でもない。リムバでの演習。突如現れた狂化されたキマイラ……。新入生Aクラスを震撼させたあの出来事だ。

「いやあ、とぼけられても困るんすよ、先輩。もうわかってるでしょ？」

「……何のことかしら？」

「キマイラの乱入、あんただろ？　この魔女が」

「…………ふふ」

　セレナは無表情な顔を初めて歪ませ、口角を上げる。不気味な、夜に似合う笑い声。

「……てっきり死ぬものと思っていたわ、ノア・アクライト君。まるで幽霊と会話しているみたい」

　セレナはそう呟く。

「残念ながらピンピンしてるよ。……単刀直入に言うぜ。ニーナを狙ったのはお前だろ？」

「……どうしてそう思うのかしら」

「あのキマイラは野生じゃねえ。あんなところに野生のキマイラが出るわけがないからな。つまり、ゴブリンと一緒でどこかで飼育され、森に放たれたキマイラだ。討伐されずにあれだけ大きなモンスターが、仮にも学院の所有する土地にいるわけがねえ」

「それで？　それが私とどう関係あるのかしら」

「いいから聞けよ。……野良にしては余りにも身体が大きすぎる。まるで、人を殺すために育てられたかのようだった。――そして、一番はキマイラの身体から出た薬の反応……錬金術で作られた狂化薬の反応があったことさ。投薬による狂化と肉体の成長。丁寧に育てたよな、殺戮マシーンによ」

　そう、あの攻撃全特化の動きは、薬による作用。さらに、あの体の大きさもドーピングだろうな。そして、そんな薬が作れるのは錬金術しかありえない。

「錬金術なんてありふれてるじゃない」

「つってもそんな高度な薬を作れるのはごく一部のエリートだけさ。高度な錬金術を学び、モンスターを飼育できる立場の人間。地下施設でモンスターと触れ合える人物。そして、キマイラが何故ニーナばかりを狙ってきたか……恐らく、ニーナの生態情報だろう。お前が地下施設で一緒に過ごす中で、ニーナの髪や血なんかの生態情報を集めた。それを錬金術の下地にして、狂化薬を製造しキマイラにぶち込んだってところだろ。……そんな条件を満たしてるのはお前しかいないんだよ、セレナ・ユグドレア」

「…………そう」

　セレナは、虚ろな瞳で俺を見つめる。

　観念した――というよりも、どこか楽し気な表情。

「――ふふふ……その通りよ、ノア君。私がキマイラを育て上げ、錬金術で狂化薬を作り、ニーナちゃんを殺そうとした張本人。おめでとう」

「随分とあっさり自白するんだな」

「だって、意味ないもの。あのキマイラの体から錬金薬の反応が出るのは想定内。私がそこから割られるのは始めからわかっていたわ。——まぁ、私の本来の予定だとあなたもキマイラに殺されて死んでたはずなんだけれどね。あのキマイラが殺されるのはさすがに想定外……さすがはドマさんやハルカちゃんが一目置くだけあるわ。ニーナちゃんはキマイラに殺されて死に、私はこのまま学院からトンズラすれば万事解決……そのはずだった」

「悪いな、俺のせいで計画が狂ってよ」

「まったくよ。失敗するとはね……せっかく私に与えられた仕事だったのに。……バレた上に失敗……私はさっさと逃げることにするわ」

セレナはやれやれと肩を竦める。

「ここから逃げられるとでも思ってるのか？」

「ふふ、学院の外にまだ私を信頼してくれている仲間がいるの。まだ私を見捨てていないね。みんなそれなりの実力を持った魔術師よ」

「用意周到なこって。——で、お前の狙いはなんだったたんだ。何故ニーナを狙う」

すると、セレナはふふっと笑みを浮かべる。

「だから言ったでしょ、ニーナちゃんはいい子だけど、公爵家の人間ということはそれだけ狙う人もいるわ、って」

公爵家……政治絡みか。

「そんなくだらない話かよ」

「くだらなくないわ。この国の未来が掛かってるんですもの。思想が違って、話が通じないのなら、話を通しやすくするのは当然でしょ？　王はもう先が長くない。王位争奪戦は始まってるのよ。後ろ盾となる公爵家だって例外じゃない」

セレナの言葉は淡々としている。微塵の罪悪感もなく、ただ自分の責務を全うしたとでもいうように。

「——まぁ、全部受け売りだけれど。私としてはターゲットがニーナちゃんでもそうでなくても関係はなかったのよ」

「？　……よくわかんねえが、お前の意思は固いことはわかったよ。ま、俺はお前が何を狙ってようが正直どうでもいい。興味ないね。気持ちよくネタバラシしてるとこ悪いが、深く聞くつもりはねえ」

「そう、なら今から私が最後にニーナちゃんを殺しに行くのを見逃してくれて——」

「ただ、ニーナを狙うってんなら許さねえ。せっかく俺が助けてやったんだ、あいつが学院生活を最後まで全うしてくれねえと任務失敗になっちまう」

「ふふ、やっぱり保護者じゃない」

「……ちげえよ」

「あなたが守るなら無理そうね。——じゃあ、私はこれで失礼させてもらうわ。どこか遠い国でのんびり余生を過ごすわ」

「だから、逃がすと思ってるのか？」

「もちろん、あのキマイラを倒したあなたなら私を逃がさないことも可能でしょうね。でも、私を待ってる仲間が一斉に襲い掛かったら……たとえあなたでも対応できないでしょ？」

そういい、セレナはニヤッと笑う。

「――ここ数日は楽しかったわ。あなたとももっと話したかったけれど……しょうがないわね。私の仲間に殺されないことを祈ってるわ」

セレナは頭上に手を掲げる。

瞬間、魔術が発動すると、信号弾が放たれる。

赤い光は、闇夜に眩く光る。

「ふふ、逃げたら？　これで仲間たちが全員ここに――」

「後ろ、気を付けろよ」

「え――」

刹那、キンッと鋭い音が響き、セレナの首筋に刃が突き付けられる。

セレナのクビに、つーっと赤い雫が垂れる。

完全にセレナの動きが止まる。一歩でも動けば、一気に血が噴き出る。

「周りに仲間がいるのはお前だけじゃないんだよなあ、錬金術師さんよ」

「…………誰かしら？　私の楽しみを邪魔するのは」

セレナの背後に立つ女性は、そのポニーテールをなびかせ、夜闇に通る声でハキハキと名乗る。

「私はハルカ。悪を狩るものだ。……セレナ・ユグドレア。お前の仲間は拘束させてもらった。この学院の治安を守るのは私たちだ。好きにはさせん」

「自警団(ヴィジランテ)か……」

セレナは俺を見る。

「悪いな。チクらせてもらった」

「くっ……！」

「俺がやったら、お前ら全員殺しちまうからな。こいつらに捕まってラッキーだったと思っとけよ」

「……本当に……。本当ことごとく私の狙いを潰してくれるわね。私の敗因はあなたの行動力と実力を過小評価したことかしら」

「だろうな。俺がいなきゃ今頃ニーナはキマイラの胃の中、そしてお前は遥か異国の太陽の下だったろうさ」

セレナは初めて悔しそうな表情を浮かべる。ぐっと奥歯を噛みしめ、その長い前髪の間から俺の目を見つめる。

「……はぁ……まあいいわ。どのみち失敗した私に居場所なんてないし。好きにするといいわ」

セレナは諦めたように体の力を抜くと、ゆっくりと両手をあげる。

「……ニーナちゃんによろしくね。この施設にはもう入れないけれど、進級した時に先生にかけあうといいわ」

「へえ、ニーナに対する情はあるのか。一応言っておいてやるよ」

「もういいかな、セレナ・ユグドレア」

「せっかちね」

「――連れていけ」

そうして、魔女セレナ・ユグドレアは自警団の連中に連れられ、その場から消えていった。

その背中は、まるでそうあって当然とでも言うように堂々としていた。一体どんな信念があったと言うのだろうか。今になってはわからない。きっとこの後の尋問で明らかになるのだろう。

俺には興味がないことだが。

「ご苦労だったな、ノア。助かったよ」

「こういうのはあんたらの専売特許かと思ってな。……あいつはどうするんだ？　俺はさておき、ニーナのお気に入りなんすよ」

「他の生徒を巻き込むほどの事件を起こしたんだ……ただの喧嘩じゃすまない。しかるべき場所で裁かれるさ。ただ、なかなかシビアな話だからな。きっと詳細が君たちに語られることはないだろう。勿論私にもな」

「そうっすか……。ま、俺がいる場所で起こって良かった」

「……ふむ。時にノア」

ハルカは顎に手を当て、うーんと眉を八の字にして俺を見る。

「？　なんすか」

「どうだい、私たちと一緒に自警団として働いてみる気はないか？　君の実力なら申し分ないだろう。この学院には邪な気持ちを持つ魔術師も多い。セレナみたいにな。君の力が抑止力となると思うんだが」

「止めてくださいよ。俺は別に取り締まる側に興味はさらさらないっすよ。――まあ、何かあれば協力くらいはしますけど」

「……はあ、そうか、わかったよ。また何かあったら頼ってくれ。今後の活躍に期待している。今回は助かった。それじゃあな」

　そう言い、ハルカはくるっと踵を返すと、その場を去っていった。


　これで今回の件は終わりだ。元凶も排除できた。……ただ、こういう機会は今後もあるんだろう。公爵家ってのも大変だな。

　セレナがどう扱われるかはわからないが、ニーナにとっては良き先輩（まあ利用されて、殺す機会を窺われていたわけだが）だっただけに、会えなくなるのは少し可哀想ではある。

　とにもかくにも……疲れた。

　冒険者の頃は人間とここまでがっつり関わることなかったからなあ。ま、それも学院に入学した醍醐味か。

　――今日はさっさと寝よう。硬いベッドが俺を待ってる。

エピローグ

「こんなとこでどうしたんだ？」

夜、真っ暗になった中庭で、ニーナがベンチに座り何やら感慨に耽っていた。

みんなでの夕食もすみ、すでに寮へ帰ったと思っていたら出くわしたのだ。

ニーナは俺の声に振り返ると、少し暗かった表情が、ぱっと明るくなる。

「ノア君」

「……隣座っていいか？」

「もちろん。どうぞ」

ニーナは少し右にずれると、俺に先を席を開ける。

「考え事か？」

「んーまぁね。やっと憧れの魔術学院に入れたし、いろいろあったなあって」

「まだそんな感慨に耽るにははええだろ」

「あはは、まぁね。ただ、やっぱりあの頃の私にはこの学院で学べるなんて夢だと思ってたから」

「……」

それはおそらく、両親のことだろう。

何やら多少関係に難がありそうなのは、口ぶりから察してはいた。姉ちゃんの存在もあるんだろう。

「ニーナはちゃんと卒業しろよ。せっかく助けたんだからよ」

「もちろん……！　やりたいこともいっぱいあるし……ノア君の助けになるっていうのも残ってるし。……ただ、セレナさんがいなくなったのは悲しいけど」

セレナの件は、細かな内容は一切公にはされず、ただ退学したとだけ風の噂で俺たちのもとへと伝わってきた。まあ、まず間違いなく粛清はされたんだろう。

まあ、セレナがニーナの命を狙っていたというのは知る必要のないことだ。このままでいい。

「でも、ノア君のおかげでわたし、こうやって好きなことができてる。それを考えてると、こう……ふわーっと心があったかくなるというか」

「？　わけわかんね」

「あは、そう言うと思った。――とにかく、ノア君には感謝してるの。ありがとね」

そう言い、ニーナは俺のほうを向くと満面の笑みを浮かべる。月の光が反射し、キラキラ輝く瞳はまるで宝石のようで、思わず吸い込まれそうになる。

「……気にすんなよ、そんなこと。俺もニーナのおかげで楽しいぜ？　ただ最強を求めて入学したけどよ、やっぱり学院に来たからにはなんつうか、他の魔術師と話したりできるのは楽しいよ。くだらない話とかな」

すると、ニーナがズイと俺ににじり寄る。

「ちゃんとノア君が困ったら私が一番に駆け付けるからね」

「まだ覚えてたのか……」

「そんな前じゃないでしょー！　恩はいっぱいあるから。キマイラからも助けてもらったし」

「ありゃ、たまたま俺がその場にいただけで――」

するとニーナははあっと溜息をつく。

「ノア君は情に厚いのか、天邪鬼なのか判断に困るよねえ」

「……うるせえ」

「あはは！　それもいいところだよ。……一緒に学べるようになって本当に良かった」

そう、ニーナは改めて自分の幸福を噛みしめる。

今までこういう関係はなかったかもしれない。同業者か、師匠か……冒険者として広い世界で戦ってると思ってたけど、案外狭いもんだったのかもな。

シェーラは、これを見越してこの学院に俺を入れたのだろうか。ま、どっちでもいいや。この学院で学ぶのは俺なんだから。

「改めて……これからもよろしくね、ノア君」

「あぁ、よろしくな」

「ふふ……。あの時私を抱えて連れ出してくれてありがとう」

ニーナの髪が風で揺れる。フルーティな香りが漂い俺の鼻を刺激する。月に照らされ、ニーナの顔が良く見える。

「はは、なんだよそれ。それくらいならいくらでもお安い御用さ」

レグラス魔術学院――そこは、エリートたちが集う魔術の聖地。今日も校舎からは、魔術の匂いが立ち込める。

S級冒険者の地位を捨て、代わりに俺はここで、最強を知らしめる。

いよいよ、俺はこの学院で生活していくのだと実感が湧いてきた気がする。

入学後の浮かれた雰囲気は徐々に消え、本格的に学院生活が始まろうとしていた。

もう少しで一年生主役のイベント。新入生最強を決める祭り――――歓迎祭が始まる。

◇◇◇

スカルディア王国北部に連なる山脈、リーフィエ山脈。

年中雪が降り続けるこの地域は、スカルディア王国と北のカーディス帝国の国境となっている。

ただでさえ年中の雪のせいで簡単に山越えをすることもできない上に、この山脈にはとある竜が住み着いていた。

その名を〝白き竜〟。

吹雪を纏い、山脈を飛び回るＳＳ級の災厄。カテゴリ上ではＳＳ級ではあるが、その力は人間の力を遥かに超えていた。

遥か昔には両国の討伐隊が何度か組まれ、〝白き竜〟に戦いを挑んだが、そのすべてが全滅という結果に終わった。何人もの冒険者たちも戦いを挑んだが、〝白き竜〟を倒すことはできなかった。

ただ、悪いことばかりではない。

〝白き竜〟という災厄がいるお陰で、王国と帝国はその山脈に阻まれ、長い間争うこともなく友好な関係を築いていた。

何故だか〝白き竜〟は縄張りを離れることはなく山脈の外に害はないため、今では積極的に〝白き竜〟を討伐するという者は現れず、リーフィエ山脈も麓のほうを除けば滅多に立ち入る者はいなかった。

――そんな山脈の中腹にある、とある場所。

「吹雪いてるわね、相変わらず」

スタイル抜群の金髪ロングの美女が、フードを外し、雪を払いながらそう呟く。

切れ長な美しい瞳で今しがた入ってきた後方の出口を眺め、身体を震わせる。

「それ、氷の魔女が言うセリフ？」

奥から、長い黒髪のこれまた美女が、ゆったりとした黒いセクシーなローブに身を包み現れる。

「あら、私だって自分が出した冷気以外は寒いって感じるわよ」

「ふふ、あなたに寒いと感じる心があったとは驚きだわ」

「心じゃなくて肌の話をしているんだけど、私は。相変わらず話聞かないわね」

氷の魔女は呆れたように肩を竦める。

「寒いと思わなければ寒くないのよ。心の問題よ。どっちも一緒」

「本当脳筋魔女ね……。まあいいわ。それで、他に誰が来てるかしら」

「ディアドラとエスメラルダはもう着いてるわ。他はまだよ」

「へえ、エスメラルダはともかく、ディアドラが来てるなんて珍しいわね。シャレアン王国のほうはいいのかしら」

「たまには人が恋しくなるんでしょ、あの娘意外と寂しがり屋だから」

そう言って黒髪の女性は笑みを浮かべる。

「まあいいわ。さっさと合流しましょ」

「行きましょうか」

氷の魔女と黒髪の魔女は薄暗い、細い通路を並んで歩く。

「そう言えば、あなたのところの秘蔵っ子はどうなったのかしら？」

「あなたに言う必要はないでしょ？」

「そうだけれど、あなたが熱心に育てる子なんて珍しいじゃない。余程見どころがある子だったのね」

「……そうね。あの子は圧倒的な才能を持って生まれた。この私を遥かに上回るほどにね」

その言葉に、黒髪の魔女は怪訝な顔をする。

「ただでさえ私たちの中でも序列の高いあなたがそんなことを言うなんて……やっぱり余程その子の力を買ってるのね」

「じゃなきゃ、ここまで私が入れ込むわけないでしょ」

「怖い怖い。何を企んでいるのかしら？」

その質問に氷の魔女は薄っすらと笑みを浮かべる。

「ふふ、あなたに言う必要はないわ。……今はまだね」

「ふーん……」

しばらく歩くと、正面に大きな鉄の扉が現れる。

ギギギっと重い音を響かせ、ゆっくりと扉が開く。

中は広く、中央には巨大な円卓が置かれていた。その席には、二人の人物が既に座っている。

「おやおや、ヴィオラが本当に迎えに行くとは。仲が良いね、二人とも」

「止めてよエスメラルダ。この黒髪魔女と仲が良いとか吐き気がするわ」

「つれないねえ、シェーラは。いいじゃない、昔は良く一緒にいたでしょ？」

「昔の話よ」

二人は円卓に座り、残りのメンバーを待つ。
来るものを拒むリーフィエ山脈で行われる魔女たちによる密会。
外の吹雪は止むことはなく、延々と降り続いている。

《了》

あとがき

この本を手に取って頂いた皆様。初めましての人は初めまして、五月蒼と申します。

この作品はウェブ小説として公開していたものを、ブレイブ文庫様からお声がけ頂き、書籍化させて頂くことになったものです。僕が書籍化するのはこれで二作品目ですが、やはり本になるというのはそれだけでめちゃくちゃ嬉しいものです。感謝！

もちろん、ウェブで未読の方は最大限楽しんで頂けると思いますし、ウェブ版からの読者の方にも、描写が増えていたり最適化されていたりと、存分に楽しめるものになっていると思います。

本作は、美しい魔術師であるシェーラの愛弟子にして最強の魔術師を自負している冒険者、ノア・アクライトが、シェーラの新たな課題として魔術学院に通うことになり、さらなる最強を目指して学園ライフを送っていく物語です。

ノアの少し煽りっぽいところや、遠慮や慢心をしない圧倒的な強さ。そしてなんやかんや言って人を助けてしまうような、そんなところをカッコイイ！と思って読んで頂ければ幸いです。

魔術学院では、マニャ子様のイラストにより超絶美少女となったニーナや、アーサー、クラリスなど個性豊かな面々とこれから長く続く学院生活を送ることになります。シェーラの課題を達成するため、ノアはこれから様々な偉業を時にはソロで、時には仲間とともに打ち立てていきます。是非、今後の展開にも期待して頂ければ幸いです。

この作品を本として形にするにあたり、多くの方々にご助力頂きました。ブレイブ文庫編集部の皆様や担当編集様、校正様にデザイナー様。僕の拙い文章からめちゃくちゃ可愛くてカッコいいキャラたちを生み出してくれたマニャ子先生。本当にありがとうございます。

そして、ウェブで公開してからずっと読んで付いてきてくれた皆さま。皆さまあっての書籍化だと思います。ありがとうございます！

最後に、この本を手に取って読んで頂いたすべての皆様に特大の感謝を！

また次のあとがきでお会いしましょう。

五月蒼

雷帝と呼ばれた
最強冒険者、
魔術学院に入学して
一切の遠慮なく無双する
漫画：こばしがわ
原作：五月蒼
キャラクター原案：マニャ子
雷帝の活躍を、
コミックでも刮目せよ！
第一弾
2021年2月28日より連載開始！
-話題のコミック、今春より順次連載スタート-
コミックノヴァ新創刊
COMIC
NOVA
ノヴァ
©Kobashigawa ©Ao Satsuki

ブレイブ文庫

レベル1の最強賢者4

～呪いで最下級魔法しか使えないけど、神の勘違いで無限の魔力を手に入れ最強に～

著作者:木塚麻弥　イラスト:水季

獣人の国の危機を救い、武神武闘会に優勝したハルト。メルディを新たなお嫁さんに迎えた彼は、獣人の国にあるというダンジョンの存在を知る。そこは転生・転移勇者育成用のダンジョンだった。ステータス固定の呪いがかかっているとはいえ、ハルトも邪神によって転生させられた者。クラスメイトたちとともにダンジョンの踏破を目指す。そしてそこでハルトは、自身に秘められた衝撃の事実を知ることになる──。

定価：700円（税抜）

雷帝と呼ばれた最強冒険者、魔術学院に入学して一切の遠慮なく無双する 1

2021年2月25日　初版第一刷発行

著　者　　五月蒼

発行人　　長谷川　洋

発行・発売　株式会社一二三書房
〒101-0003 東京都千代田区一ツ橋2-4-3
光文恒産ビル
03-3265-1881

印刷所　　中央精版印刷株式会社

■作品の感想、ファンレターをお待ちしております。

■本書の不良・交換については、電話またはメールにてご連絡ください。
一二三書房　カスタマー担当　Tel.03-3265-1881
（営業時間：土日祝日・年末年始を除く、10：00～17：00）
メールアドレス：store@hifumi.co.jp

■古書店で本書を購入されている場合はお取替えできません。

■価格はカバーに表示されています。

■本書は小説投稿サイト「小説家になろう」（http：//syosetu.com/）に掲載された作品を加筆修正し書籍化したものです。

ISBN 978-4-89199-695-6